拍摄者说 系列

自 拍

王秋杭 著

山东画报出版社

济 南

图书在版编目（CIP）数据

自拍/王秋杭著.—济南：山东画报出版社，2025.1
ISBN 978-7-5474-4646-1

Ⅰ.①自… Ⅱ.①王… Ⅲ.①随笔－作品集－中国－当代
Ⅳ.①I267.1

中国国家版本馆CIP数据核字(2024)第105044号

ZI PAI
自拍
王秋杭 著

策划编辑 冯克力
责任编辑 赵祥斌　王伟辰
装帧设计 王　芳　刘悦桢

主管单位 山东出版传媒股份有限公司
出版发行 山东画报出版社
　　　社　　址　济南市市中区舜耕路517号　　邮编　250003
　　　电　　话　总编室（0531）82098472
　　　　　　　　市场部（0531）82098479
　　　网　　址　http://www.hbcbs.com.cn
　　　电子信箱　hbcb@sdpress.com.cn
印　刷 山东临沂新华印刷物流集团有限责任公司
规　格 160毫米×230毫米　32开
　　　　　9印张　216幅图　230千字
版　次 2025年1月第1版
印　次 2025年1月第1次印刷
书　号 ISBN 978-7-5474-4646-1
定　价 58.00元

如有印装质量问题，请与出版社总编室联系更换。

序　言

杨恩璞

　　欣闻王秋杭撰著的《自拍》一书，即将由山东画报出版社出版面世。在当今网络传媒和纸质读物激烈竞争的市场情况下，山东画报出版社能出版此书真是独具慧眼，他们看准了秋杭兄的图文不仅具有吸引读者的可读性，而且还有历史传承的文献价值。

　　秋杭兄的大作《自拍》既不是画册，也不是文集；它图文并茂、相得益彰，是自传体的新颖影像读物。该书运用组照和拍摄随记相结合的手法阐述内容，因此它比单幅照片能撷取更多的信息量，记载作者更多的自我经历、社会背景和内心思绪。秋杭兄从1966年下乡就自拍照片，由开初自发性的"自我欣赏"，慢慢上升为自觉的行为艺术。力图以小见大，因而从自拍私影的图像里，自然而然地透视出了时代演进的步伐和民众向往的追求。

　　《自拍》这本书，共分为五个部分，十五篇影像故事，二百多幅照片，其中有延续数十年的《1966—1976：我的自拍像》《四十年走过一条巷》《悠悠安昌四十载》等。他以游侠的豪迈审视世俗，以墨客的睿智点评江湖。这些作品里有人物、有情节，还有历史积淀的人生感悟。所以，从某种视角来考量《自拍》，与其说是秋杭兄摄影生涯的个人足迹，不如说是我国从"文革"走进改革开放新时期的社会缩影，能带领读者穿越历史，那些激情燃烧的岁月。

或许有人会问：摄影师的主要社会职责是把照相机聚焦于客观世界，直接表现波澜壮阔的时代洪流和历史沧桑，拍摄风云的英雄豪杰和精英名流。如果倡导摄影转向表现摄影师个人经历和自我意识会不会因小失大，过于自恋而模糊了首要天职？

这是一个复杂的文艺创作问题。

首先，我赞同上述对摄影师的主要社会职责的说法，社会主义摄影的天职就是见证人民群众创造历史的英雄业绩，赞美社会主义事业的欣欣向荣。我在这里欣赏《自拍》此书，并不是号召大家都转向表现摄影师的自我经历，广大摄影师的主要任务当然还是要把镜头聚焦于客观社会生活。

但同时还需指出，文艺作品反映客观世界的途径是复杂多样的。在某些特殊的历史状态下，某些作者经历特殊遭遇并产生深刻感悟时，也可以通过自传体文本间接曲折地表现客观世界和社会现实。如，唐朝诗仙李白的"蜀道难，难于上青天""两岸猿声啼不住，轻舟已过万重山"，说的是他个人的流离颠沛，实际是唐朝官场黑暗和社会动荡的写照。还有第二次世界大战后发现的《安妮日记》，是荷兰犹太少女对自己悲惨生活的实录，有力地揭示了德国法西斯的罪行。由此可见，只要把握好见证历史真相的创作目的，通过作者本人的经历和视像，也是可以深刻地反映客观世界的。这种自传体表现手法，在文学诗词、音乐作曲和绘画雕塑创作中屡见不鲜，摄影上相对较少，因而《自拍》进行的探索和尝试，就显得难能可贵了。

这本书也同时呈现出作者如何从业余爱好者成长为当代摄影家的

发展过程，我读后深感作者对社会生活富有个性的观察视角和表述方式，极大地丰富了现实主义摄影艺术的创作方法。

什么是社会主义现实主义的摄影？由于我们长期受"极左"思潮影响，往往简单地理解为：摄影直接为政治宣传服务、摄影为民众代言和摄影就是表现工农兵等狭隘观念。这样往往就会忽视：现实主义艺术创作中应有的作家自我意识、以情动人的美学形态和题材风格的多样化。在诸如此类涉及艺术规律的问题上，我认为秋杭兄的头脑比较清醒，初见他的作品似乎有点"离经叛道"，实际他具有辩证唯物主义的思想方法，懂得把握好政治和艺术的关系、客观反映生活和作者主观表现的关系、理性论证和感情抒发的关系，相对更符合社会主义现实主义的文艺创作规律。

例如，他早期作品《1966—1976：我的自拍像》系列摄影作品，开始于"文革"时期，整整十年只拍自己。当年他不敢随意拍别人，因为他无法确保拍的都是贫下中农和工人阶级。而且那个年代没有摄影艺术展览，也不可能在报刊发表，秋杭的自拍丝毫没有祈求功名利禄的目的，完全靠浓厚的爱好支撑。他的自拍，从选题、跟踪、拍摄到文字编写都不为他人所左右，完全出于自己的感情。从美学意义来说，就是艺术家的自我宣泄，表达了他在那个历史时期的心态、感悟和抱负。半个世纪过去，我们回头拿"文革"时期"四人帮"的摄影宣传作品和他的作品相比，真是"有意栽花花不开，无心插柳柳成荫"。那些没有投入作者情感、回避直面真实人生、概念化政治说教的照片早已被历史淘汰；而秋杭的作品就显得魅力无穷，他用视觉影像留下的人生烙印，在今天已成为历史的明鉴、征程的启迪。

秋杭兄是我认识的摄影家中最有个性的朋友，他善于独立思考又富有激情，是性情中人。他拍摄作品和撰文发言经常不按"套路"出牌，常常使因循守旧、习惯于陈陈相因的人很不理解，他实际是挑战和冒犯那些被曲解的文艺清规戒律，力图回归现实主义创作的本色。《自拍》一书的精彩动人，让我再次认识到，在社会主义现实主义文艺创作中捍卫和尊重作者的个性独创和风格多样的重要意义。

现实主义艺术始于公元前，社会主义现实主义的文艺创作也已有二百年以上的历史，已形成传统又成熟的美学体系。但现实主义的创作方法不是故步自封的教条，几千年来它之所以仍有强大生命力，就在于它本身就是主张紧密地追踪当今现实，号召艺术家与时俱进，以人民利益为重，发挥作者个性创造，不断开拓新题材、新观念、新样式、新风格。《自拍》独创的影像文化，从广义上来讲就类似当下时尚的自媒体，或称它是网络自媒体前奏，显示出作者"笔墨应随时代变"的创作活力。

期望秋杭兄继续力行，为社会主义现实主义摄影的繁荣再立新功！

杨恩璞

北京电影学院教授

泉州华光职业学院名誉院长

中国人像摄影学会首席顾问

中华文化促进会摄影专业委员会副会长

目　录

记与忆

锻与铸

后记

拍　与　历

1966—1976：我的自拍像

　　我和共和国同龄，1949 年大军南下时母亲怀着我，挺着大肚子，随着中国人民解放军华东野战军第七兵团政治部文工团，在隆隆的炮火声中渡过长江。母亲在刚解放不久的杭州城里生下了我，时值秋天，取名秋杭。

　　到了上学的年龄，我就读的是当地干部子弟最集中的全国重点学校杭州市安吉路小学，每个班的少年先锋中队都以烈士的名字命名，哥哥在"白求恩中队"，姐姐在"刘胡兰中队"，我在"方志敏中队"……

　　可是，好景不长，生父王子辉（曾任解放军第七兵团京剧团团长，时任浙江省文化局副局长）在整风"反右"运动中含冤离世（1979 年平反昭雪），母亲为了我们五个兄弟姐妹，嫁给了继父解智远。

偷来的摄影爱好

　　1966 年，我母亲和继父双双被打成"走资派"。我当兵无门、招工无望，整天在家闲逛。有一天我翻进一所学校的仓库里，找到几捆被红卫兵查抄并早已停刊了的《中国摄影》《大众摄影》和几本民国时期的摄影画报，我一下子就被迷住了。郎静山、郑景康、吴中行、薛子江、刘旭沧等摄影大师的名字和作品深深在我心中扎下了根。我省吃俭用，花五元钱从旧货店里买来一架"幸福"牌照相机，开始自学摄影。那时候，我整天就是拍照、冲洗、放大，对政治运动毫不关心。放大机是将尿罐扣过来自制的。后来，找我拍照的同学、朋友越来越多。我保存至今的日记清楚地记录了当年的情景：

今天上午在少年宫广场召开"打倒中国赫鲁晓夫刘少奇在浙江的代理人江华"大会，我们全班的同学都去，但是人山人海，我又推着车子，真无法挤进去。于是我们就溜走了，反正广播到

摘下红袖章的我，远离运动，过起了逍遥派的日子。我花五元钱买来旧相机，自学摄影。这是我在西湖的自拍。摄于 1968 年 8 月

处可听。走到延安路，我买了一卷胶卷马上赶回家，因为姐姐讲过今天上午去植物园拍照，我飞也似的从武林门绕回家，向"毛牛"借了车子，就同姐姐一块儿向植物园出发。没有135机子，就用"白胖子"那架"蔡司"120改装了一下。

植物园人很少，我们拍摄得比较顺利，光圈都在f16，速度也都是1/50。我是故意让曝光过一点。我喜欢黑白分明、反差大的照片。十点半就赶了回来。

下午我们又去拍，"毛牛"买了二卷(半卷)，金少清买了一卷，杨小同又跟我们一块儿去……

我们先到留下，是少清同志建议拍点原野、农村的风味，我们没有反对。结果一座农村小河的竹桥成了我们很理想的拍照环境。又到干了的水稻田上去，一望无边，远处有工厂的烟囱冒着浓浓的黑烟，美极了。我用f16，是为了景深，用快门线帮助拨动快门1/50。最后，我们在竹桥上进行了合影。另外两卷，我们用在路上、湖边、草坪和夕阳的大树下……

回来就冲胶卷，定影自己配，为了使海波化得更快，我用了沸水，结果第一卷(上午的一卷)冲坏了。是我忘记了过去的经验，导致胶卷的药膜鼓了起来，许多药膜损坏。21定胶卷的微粒是极细的，结果用沸水一烫，微粒粗得连肉眼都看得清楚，太倒霉了。其他三卷在D-72配方里进行了十分钟，都还可以，没有冲洗方面的事故，只有拍摄方面，距离没有估计准，以致模糊不清，但大部分还可以……

1968.11.16

今天是星期天，我们去买了显影水和相纸，印了整整一个上午，

我们经常远离城市来到郊外，拉起心爱的手风琴，这时候我们会忘掉一切。我把这短暂的浪漫和初学摄影的乐趣都写在日记中，保留至今。1968年8月摄于杭州

都比较成功，也很顺利。一直印到十一点四十几分，回到家里哥哥也回来了，忙吃了饭。

下午，少清和我去买放大纸，共买了十二寸的三张，一元五角四分，又放了一下午。底片反差太大，又比较厚，所以有几张曝光竟达两分多钟。前面有几张曝光不足，后面逐渐掌握了。一直放到天黑，"毛牛"妈妈骂了。我们赶快回家，大家都吃完饭了……

1968.11.17

不久，我被分配到了杭州市临安县（现临安区）一个山区里插队落户。

山寨版的"渴望战争"

当时，中苏珍宝岛事件爆发，我一心想报效祖国，证明自己的血不是黑的，就写血书要求支边当一名兵团战士。总算于 1969 年的 4 月，我们到了黑龙江生产建设兵团独立二团务农。由于出色表现，我很快就被调到兵团司令部带岭武装连，被任命为三排机枪班班长，那些枪可全是真家伙。听兵团司令部参谋长说，如果中苏开战，我们番号一变，立刻就成为现役部队拉上前线。不过当时给我们的战备任务是挖一个地下坑道，代号"701 工程"，地点是在离带岭镇四十公里外的原始森林里，那年我才十九岁。

打坑道首先要打风钻，本来要用水，但我们嫌水针麻烦，进度慢，就拔掉水针，直接打干眼。打干眼粉尘大呀，整个坑洞就像一个石灰桶，两眼一片白，见不到人影。鼻孔里全被白粉堵塞，擤出来都是白粉糊糊。生活条件差就不用说了，只有干粮，很少有肉类蔬菜，导致严重营养不良，加上卫生条件差，结果全连染上了疟疾，减员四分之三，四个排最后只剩下一个混成排。我临危受命，被任命为这个混成排的代理排长，我一连递交了三份入党申请书，并率领全排战士二十四小时连轴转，吃、睡都在坑洞里，终于按时完成了任务。连队受到了嘉奖，十多名战士火线入党。我被兵团政治部干事找去谈心，他说按理你应该是第一个发展的对象，但组织上研究，因为你生父的政治问题，还需要接受进一步考验。

我没有怨言，只盼着战争早点爆发，可以上前线抛头颅、洒热血，在真正的战场上火线入党、建功立业，改变"知青"身份，哪怕成为烈士也在所不惜。

深山老林里的生活实在太枯燥了，刚到山里我就给家里写信，要

　　《林海雪原》中的杨子荣是那时我心中最崇拜的偶像。1969 年 12 月摄于黑龙江生产建设兵团带岭武装连

求父母给我买一台刚出产的"海鸥"4B照相机，我在信中写道："在这荒无人烟的原始森林里，如果没有照相机，我会发疯的。"不久，一台崭新的海鸥4B双镜头反光相机寄来了，还按我的要求附寄了胶卷、相纸及显、定影药粉等。母亲在信中说，父亲进了五七干校，很少回家，家里存款全都冻结，相机是用父母两人的生活费凑起来买的，可百货公司不卖给个人，只供应单位，还要单位介绍信。为此，父亲专程到原工作单位浙江省博物馆找熟人开了介绍信才买到……读后，我禁不住热泪盈眶。

没有暗房，我钻进空油罐；没有安全灯，我用烟头的红光冲胶片；没有灯光，我就用手电筒感光……一张张照片从空油罐传递到了战友们的手里，原始森林深处终于响起了纯真的青春的欢笑。

当时中苏之间只有一些小摩擦，没有大规模的战争爆发。这实在让我们很"失望"："苏修"你这个纸老虎，怎么就不敢打过来呢？

形势缓和了，701工程搁置了，我们的武装连也要被遣散了。后勤女兵排都已经在城里分配了工作。我们的雄心壮志也在硅肺病的咳嗽中、在整理锅碗瓢盆的叮当声中日渐暗淡。遣散的最后一道程序是上缴枪支，这是我们最恋恋不舍的。那天我突发奇想，说："仗没捞着打，但这段刻骨铭心的日子不能忘啊，我们就拍个照留个纪念吧。"大家一致赞成。结果我又做策划，又做导演，又做化妆，又当主演，去卫生所借来纱布和红药水，在一株巨大的朽木旁导演了这场虚拟的战争，炮制出了这幅"渴望战争"的照片。

抱机枪的是副班长王乔乔，中间喊口号的是我，我的台词是："轻伤不下火线！""子弹打光了、上刺刀！""共产党员，考验我们的时候到了！"反正当时电影里有什么我就喊什么。

照片从空油罐里洗出来之后，战士们纷纷传阅，全连震惊了，各排、

"渴望战争"。以鲜血和生命来改变自己的命运，是那时最强烈的愿望。1970 年夏摄于黑龙江生产建设兵团带岭武装连

"为了胜利，向我开炮！"电影《英雄儿女》中的英雄王成，也是我喜欢模仿的偶像，可惜当时找不到步话机，使这张模拟照逊色了不少。1970 年 9 月摄于黑龙江生产建设兵团带岭武装连

各班都要求拍摄留念,连长、指导员也感到很有意义,于是下令放假两天,专门安排各排、各班拍摄集体照。

那是我终生难忘的两天。我从双镜头反光相机的磨砂玻璃中清晰地看到年轻战士们一个个都换上了洗得干干净净的绿军装,有的还穿上平时很少穿的白衬衣,露着雪白的衣领,显得异常英武。那一刻,我非常激动,感到自己从来没有这么重要过,因为我看到了那一道道兴奋而期待的目光。我知道,这些照片很快被就会寄往祖国各地,在更多的家长、亲友、同学们手中传递……

午夜穿越原始森林

我们构筑 701 战备坑道的这座山属于大兴安岭山脉,但没有人为它取过名字。听当地林场的伐木工人说,这山上有一只老虎,很多工人都见过它,尤其是夜晚,那虎只睁一只眼,又红又亮,远看就像是一只灯笼在晃动。我当时非常好奇,一心想见见这只虎,可从未如愿。工人还告诉我们,虎并不可怕,因为一座山只有一只虎,满山的野兽够它吃的了,它只要吃饱了就不会主动攻击人。可怕的是猞猁,当地人叫它山中大猫,除了老虎,无论是人或野兽它都会主动攻击,因为它喜食内脏,锋利的爪子能开膛破肚,林场不少牛、马遭它祸害,非常残忍。而且猞猁还会上树,一般都是从树上凌空突袭,让人猝不及防。有一次连队以班为单位进行拉练,我把我们机枪班拉到冰封的山溪沟的冰面上行进,走着走着发现了一大堆粪便,走几步又是一大坨……而且粪便越来越新鲜,还腾腾地冒着热气。我们蹲下仔细一看,粪便里有很多橡子壳,于是断定是黑瞎子留下的,因为虎是不吃素的,而且这只黑瞎子大概嗅到了我们的气息,刚逃离不久。继续走着走着,

我扮作电影《平原游击队》里的队长李向阳。1970年8月摄于黑龙江生产建设兵团带岭武装连

只听见最前面那位战士喊："班长快看！"我一看冰面上印着一行巨大的猫的爪印。

"猞猁！"我马上断定我们跟这大猫走到同一条路上了，大家不由警觉起来——尽管我们都挎着枪，可是里面并没有一发子弹。但我们肩上的 53 式 7.62 步骑枪的枪刺也不是吃素的。我命令全班战士全都枪刺翻上、枪下肩，双手紧握，如遇到猞猁偷袭，决不能轻饶了它，给它刺刀见红！猞猁估计是怕了我们，不敢轻举妄动。

有一天连里改善伙食，从山下买来一头猪，吃了半只，剩下那半只就摆在伙房帐篷的大桌子上。第二天清晨就听见司务长狂喊："快来！快来人哪！"我们急忙起床奔向伙房，一看傻眼了，帐篷窗户被撕开一个大口子，桌上那半只猪不见了，地上一道道血痕伴随着一行大猫的爪印。"猞猁来过了！"连长黑着脸道。

当施工进行到最紧张的阶段时，连部通信员突然跑来说有我的电话，我跑去一接，原来是我的好友"毛牛"从杭州探完亲回他所在的鹤立河农场，火车正好路过带岭车站，他下车要见我。701 工程驻带岭办事处告诉他，701 是保密单位，他不能上山，只能约我下山见面。他还告诉我，给我带来五卷 120 胶卷。一听胶卷，我来劲了，急忙跑去向连长请假："报告连长，我朋友从杭州给我带来五卷胶卷让我到山下去取。""好啊！让通信员下山去取。"连长黑着脸道。"连长，人家大老远从杭州来，总得见人家一面不是？""那好，明天早点名前一定要赶回来。""是！"已经是下午两点，正好赶上林场每天下山拉货的马车。

如果仅仅是唠几句家常，取了胶卷我还赶得上装完货上山的那辆林场马车。可老友相见，这酒瘾立马就上来了。于是找了一家镇上最大的酒馆，什么木须肉、熘肉段、摊黄菜、拔丝土豆……叫了一大桌，一瓶六十五度的"北大荒"瞬间见底，又来一瓶，一直喝到晚上九点酒馆打烊，我们俩才摇摇晃晃来到带岭车站。"你今晚不用回去了吧，我晚上十二点的车走。""毛牛"还算清醒。"我陪你到十二点，然后上、上……山！"我说。"走回去啊，你酒喝多啦！""真走回去，明天早点名必须赶到。"十二点，"毛牛"上了车，车开动了，他探出半个身子大喊："千万别回去啊，在车站猫一夜吧！"

最后一节车厢闪过，眼前一片黑暗。我迈开双腿向山里走去。刚开始还仗着几分酒劲一路高歌，又是"样板戏"又是"语录歌"，后来劲使完了，酒也慢慢醒了，突然发现没有走在大路上，黑夜里就凭着那点月光沿着白乎乎的道走，怎么越走树杈越多，大路上哪来这么多树杈？定睛一看，妈呀！居然走在山溪的冰面上。我立马停下脚步，就像被一桶凉水从头浇下，顿时手脚冰凉，前几天那冒着热气的黑瞎子粪，更可怕的是猞猁的脚印，全都闪现在眼前，我连头发都直立了起来。我想回车站，但不知道究竟有多远。我知道自己迷失在了原始森林里，生命时刻都有危险。一摸口袋，只有半包迎春烟、一只打火机、一串钥匙和那五卷120胶卷。真后悔下午走得急，一件防身家伙都没带。我急忙点上一支烟，首先让自己镇静下来，当前最要紧的是辨明方向，别越走离连队越远。我想到了北斗星。摸索了半天，总算找到一块树杈较稀疏的天空，北斗星隐隐约约可以辨认出来，我找到星尾最后那颗星所指的北方，估摸出连队所在的方向后，便撒腿狂奔。

午夜的原始森林并不寂静，这里"叽叽叽"，那里"嚓嚓嚓"，更有被我奔跑惊醒的飞禽扑棱棱地飞起，树杈时不时地抽在脸上生痛生痛的，好几次被朽木、野藤绊倒，爬起来再跑。

终于，我跑到了山顶，东方露出了鱼肚白，眼下一片开阔，突然，

"达的达、达的达……"一阵清脆的起床号划破夜空，我低头向下望去，终于看到了巴掌大的连队驻地。热泪随即夺眶而出，我看到了希望、看到了救星，几乎是连滚带爬滚下山坡。当我狂奔进连队操场时，全连战士已整装列队，接受连长早点名。"报告！九班班长王秋杭报到。"我一个立正，行了军礼。连长转过身吃了一惊，道："好小子，入列！"

为了五卷胶卷，我经历了此生最惊心动魄的一夜。当然，还因为贪杯。

破碎的记者梦

武装连解散后，为了改变自己的命运，我专程去了趟南宁，找到在广西军区后勤部当政委的表哥，赖着不穿军装不走人。待了半个月，终因父亲的政治问题没能如愿穿上军装。我又跑到南京去找姨父，他是老红军，又是雨花台烈士陵园的党委书记，还是我父亲参加革命的领路人。他了解我们家，十分同情我们的命运。他到处托关系，终于拿回了两份已经盖了政治部大印的政审表。我和弟弟像盼到了光明一样，开始向同学们、朋友们告别。可就在这年秋天，"九一三事件"爆发，征兵工作一律停止。我彻底灰心了，命运为什么对我如此残酷，理想、前途、事业、抱负都与我无缘了，我不得不回到余杭农村。

我有太多的理由放纵、消沉和玩世不恭，可我没有。因为我还有一位热恋中的女友，她是我的同班同学，在部队医院当护士，已经提了干，她不顾父母的反对和我保持了三年的恋爱关系，已经到了谈婚论嫁的地步了。可就在唐山大地震的那一年，我的生活也翻到了最悲惨的一页，她来信哭诉她父亲以眼睛气瞎为由，胁迫她和我断绝关系，

　　为成为一名真正的解放军战士，我都快想疯了，到处做工作，终如愿获得了一个月的探亲假。图为我在途中下车，去大连游玩时的留影。我至今仍保存着这张原版照片和火车票，火车票字迹依稀还能看清：1971年11月28日，自王杨站（铁力站前一站，离我们连队比铁力站要近十多公里）至杭州站，限乘当日第七十八次列车，全程三千零二公里，客票票价三十五元五角，加快（到上海）五元五角，合计四十一元。1971年11月摄于大连火车站

　　我甚至还和"大洋马"跑到南京去报考解放军前线话剧团，可考官只看了我一眼就说：我们需要工农兵形象。我知道我的造型怎么也不会像工农兵，于是我又梦想当一名摄影记者。1972年8月摄于杭州

我朋友"毛牛"的父亲曾是解放军总政歌舞团的副团长，退役时军衔是中校。我们把他的将校呢军装偷出来照相，只是在肩章上加了两颗星，立马晋升为大校。后来一位司令员的女儿告诉我：过去部队医院女护士的择偶条件是"一颗星太小，二颗星正好，三颗星难找，四颗星太老"！我听后马上就想把那两颗星摘下来！1973年10月摄于杭州

她最终屈服了，求我能原谅她……我人生唯一还可以追求的希望之门也被无情地关闭了。这一天寒夜，我和生产队几个酒友喝到深夜，我喝得太多，独自一人在回来的田埂上滑倒，跌进水塘里，我挣扎了几下无济于事，因为喝得太多没了力气，黑暗中感觉整个身子在慢慢地往下沉，我真想索性放弃人生！生命对我来说还有什么意义呢？我想到生父那里去哭诉，可我又想到了童年，想到了安吉路小学，想到了机场献花，想到了"方志敏中队"，想到了在队旗下的宣誓，泪水一下子夺眶而出，为了我童年的誓言，为了我童年的热血沸腾……我大声哭喊着，用尽全身的力气爬着、抓着……死神终于被感动了，它拒绝了我。

　　我习惯了人们怀疑、鄙视、居高临下的目光，不得不把那短暂的红色童年深深地掩埋起来，那时唯一能慰藉我心灵的就是摄影，无论多么痛苦，只要拿起相机，我就会忘掉一切。我经常口袋里没有一分

记者造型像。当年已经二十六岁的我，因为回不了黑龙江建设兵团，也回不了杭州，只好在杭州郊区的余杭县（现余杭区）红星大队当一名回乡青年。当所有的前途之门都向我关闭之后，我终于懂得了还有一种爱，叫自恋。1974年7月摄于黄山

钱，但我的相机里始终没有断过胶卷。当兵没有资格，当一名摄影记者，成为我最后的梦想。

会摄影，朋友当然少不了。最早是"毛牛"，从红卫兵抄家物资中借来一台当年35毫米相机王——德国的康泰克斯，长期归我使用；"白胖子"的老红军父亲的蔡司120折叠相机，也几乎成了我的私人财产。我用军用雨衣自裁、自缝做成了暗房袋，用茶缸、电影胶片制成35毫米冲片罐，最令我得意的是，在杭州钢铁厂当钳工的哥们儿鲁国胜按照我的设计图纸，用不锈钢制成了只有电唱机盒大小的便携式放大机，令几位体制内专职摄影记者目瞪口呆。我自己配制使用过的各

　　那时候整天闲着没事干，友人就把家里珍藏了几十年的麻将牌拿出来教我们玩。这可是清朝李鸿章的家珍，红木盒子上有珍珠镶嵌的四个篆字"中堂雅玩"。牌由翡翠、玛瑙、象牙制成，抓在手里沉甸甸的。"文革"后期他缺钱花，就把这副麻将卖给了吴山路旧货商店，得款八百元。这笔巨款，供我们好一阵消费。麻将没了，就改玩纸牌。1976 年 8 月摄于杭州

我经常模仿电影中的反派角色，还照下来常自我审视、自我质疑。1976 年夏摄于杭州

种冲洗胶片的显影配方及冲出来的特殊影调效果，更是他们闻所未闻。当时省报几乎没有不认识我的摄影记者，因为我多次拿着自己的摄影作品给他们看，还主动跟他们外出采访，帮他们背摄影包、扛三脚架，还帮他们放大照片、举办展览，没有一分钱工资，可我始终成不了他们中的一员。

　　记得最清楚的是 1972 年，浙江省成立了摄影展览办公室，地点设在红太阳展览馆（今浙江展览馆），当时要举办"批林批孔"摄影图片展览，人手不够，办公室主任谭铁民把我叫去帮忙，主要任务是跟着从活佛照相馆借调来的苏师傅在暗房放照片。谭主任常跟我说要好好从苏师傅那里学点技术，我高兴得不得了，每天和他们一样骑着自行车按时上下班。苏师傅是当时杭城最有名的特一级照相馆的修相师，我从他那里不仅学会了放大巨幅照片，而且还学到了修相等绝门技艺。

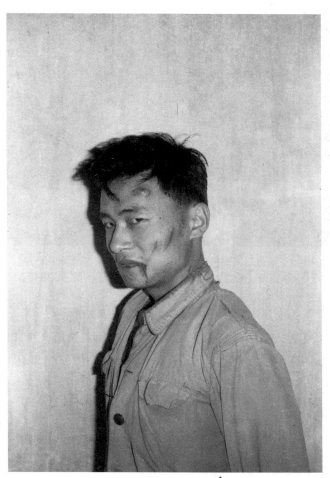

这是模仿《红岩》里的烈士许云峰，脸上还抹了"伤疤"。
1976 年 8 月摄于杭州

回到杭州后，"大洋马""白胖子""小老大"等好友又能经常聚到一起，我们这批父母都被打倒了的落魄子弟，总能想办法搞到钱来，偶尔奢侈一下。1972 年 3 月摄于杭州

忙完这个展览又要忙那个展览，几乎是一个展览接着一个展览。当时不少同学和朋友都以为我被抽调上来到省影展办工作了，羡慕得不得了，我自己也以为最后的梦想可以成真了。可没想到一年后老谭把我叫到他办公室，很遗憾地对我说："小王，为了你的工作我尽了最大的努力，甚至找到宣传部部长想把你抽调上来到影办工作，我们很需要像你这样的年轻人。可是你也知道你父亲的问题，政工组始终不松口，实在没办法，只好跟你告别，因为你不在编，所以没办法给你发工资，这四卷胶卷就当是我对你的一点心意吧！"一行泪水情不自禁地流了下来，接过那四卷我从来都买不起的、每个售价一元八角一分的、黄褐色硬包装的南方正品胶卷，我最后的梦也破碎了。

1977—2021：我的自拍像

　　《1966—1976：我的自拍像》在平遥国际摄影大展展出时，获得两种截然不同的观点。一种观点是对作品独特的个性张扬和对"文革"大一统思想的反叛，给予了充分的肯定。另一种观点则认为自恋绝非当今社会的主流。还有第三种称不上是观点，应该说是提议吧，那是1982年在厦门召开的全国新闻摄影理论年会上，晚间在李世雄家那宽大的客厅里，和我跳过疯狂华尔兹的李媚（《现代摄影》创办人、主编，在全国摄影界很是火了一阵子），在认真看了我的自拍像后，没有发表任何意见，只是在临走跨上面包车后，又跨下来对我说：你应该再继续拍下去！

　　其实我早就在想，现在大家都在争当社会的主流，那么谁来当社会的次流呢？没有次流的主流还是主流吗？既然我注定当不了主流，那就让我当好一名次流吧，但必须是一名非常出色的次流！

1976 年 10 月，粉碎"四人帮"后，我顶继父的职，进了浙江省博物馆，在文物库房跟沙孟海学习字画鉴定。1977 年 11 月摄于杭州

舞场上跳来的老婆

那个年代，社会给我的机会不多。一直到 20 世纪 80 年代初期，改革开放的春风席卷祖国大地，我这个社会次流一下子吃香起来。浙江省博物馆的某领导非要把她女儿介绍给我，我不愿意，因为我早已下决心不找干部子女做老婆。很多干部子女的骄、娇二气，我是绝对受不了的。那时候交谊舞刚开始流行，给我找对象提供了极好的机会，几乎每天晚上只要哪儿举办舞会我必到场。白天上班，那馆领导的女儿常来找我，说是跟我学摄影。说实在话，她长得还真不错，退伍回来被分到某局任专职摄影，用的是全套进口日产玛米亚专业相机。我还真差点动了心，但最终还是打消了念头。那天馆领导又来逼我：你

　　我终于在舞场上找到了她。当时金蓓英是丝织厂的一位普通女工,而且,她父亲还戴着"历史反革命"的帽子。婚后,我去法院查阅了岳父的档案,除一枚青天白日的证章以外,没有任何罪行记录。于是,岳父在我的帮助下彻底平反昭雪,并开始领取退休金。1982年1月摄于杭州

蓝鸟摄影棚开张，巨幅黑白人像作品上房啦！ 1992 年冬摄于杭州

我对文物毫无兴趣，一心想成为摄影家。我把自己的照片剪下来贴在这台日本名牌相机的广告上，梦想能得到它。1980 年 3 月摄于杭州

　　因为没有文凭，我不得不离开沙老，去搞基建造文物库房。出差广州一趟，回来就成这样。摄于 1981 年 8 月

瞧，1980年，我从广州出差回来，哥们都还是一身绿军装，我已是洋装在身了。坐着的可都是舞场上的美女，其中有一个后来成了我老婆。1981年9月摄于莫干山

考虑好了没有？我答道：考虑好了，我还是自己找吧。她问道：你自己上哪找去？我说：上舞场找。她说：舞场上没有一个好的！我说：我找一个好的给你看看！

1980年，杭州青年还没有一个敢穿西装的，可我从广州买回来好几套，外加"蛤蟆镜"。当然上班不敢穿戴，都是穿在工作服里面，到了舞场先上厕所扒了工作服和工作裤，一出场，"哗"！

于是，"舞会王子"的美名飞遍杭城，我也如愿以偿地找到了我心爱的老婆金蓓英。我和她配合默契、炉火纯青，什么快三、快四、慢三、慢四、华尔兹、吉特巴、水兵舞、伦巴、迪斯科……不仅样样精通，还能跳出别人不会的花样来。

"舞会王子"的传说。1981 年 9 月摄于莫干山

　　因为囊中羞涩，我们结婚没钱摆酒席，家具只花了六百元买了几件三夹板做的便宜货。但我带她去了北京旅行结婚，在故宫留下了这张自拍照。1982年8月摄于北京

北京万年青宾馆周末舞会上，我跟妻子出尽风头。何志云摄

　　1982年我和她旅行结婚到北京，在《中国青年》杂志工作的朋友何志云，介绍我们周末去团中央万年青宾馆跳舞，我俩出尽风头。中国桥牌协会动员我们加入他们协会，我说我们不会打桥牌。他们说不会打牌不要紧，因为他们都不会跳舞，但经常和外国桥牌协会进行联谊活动，老外要跳交谊舞他们就很冷场。他们说："你们俩跳得这么好，完全可以代表我们出席这种场合。"可我们婉言谢绝了。

　　她是杭州天城丝织厂的女工，连续十多年获厂先进生产工作者称号，奖状贴满她家的厅堂墙面……我向她发起的进攻非常老套：一封情书。但里面的文字很有创意："我愿意做你最后一名候选人。王秋杭。"婚后她对我坦白说："你这封信有毒的，以至于人家每次给我介绍对象，我都要拿你去比……"

五十而立

人都说"三十而立"，可我晚了二十年。如果不是 1999 年 12 月 18 日那次我从摄影大奖赛的领奖台上摔下来，摔断了左腿，恐怕这辈子也立不起来。这一年我刚刚获得中国摄影最高奖"中国摄影金像奖"，前途一片光明。可是因为粉碎性、开放性骨折，我亲眼看见白森森的大腿骨断截面上的骨尖刺破裤子裸露出来。医生告诫我：手术难度非常大，要做好截肢的思想准备！整整三个月在病床上生不如死的折磨，让我做了最坏的打算，一旦截肢，我必然告别摄影界，什么秘书长、金像奖……一旦离开摄影界，统统分文不值。我必须改行，我想到了当律师，挂根拐杖还能出庭。于是让老婆买来大量法律方面的书籍死啃硬背，总算没有把光阴荒废在病床上。为了给我的主治医生蔡医师足够的勇气，开了四次刀，我三次拒绝输血，最后一次甚至拒打麻药。我问蔡医师："痛到极点会是什么结果？"蔡医师说："休克，但没有生命危险。"我说："那就让我尝尝关公刮骨疗法吧！"没想到蔡医师极力支持，他说："麻药会使肌肉处于休眠状态，要等麻药过后才会慢慢愈合，而不打麻药肌肉会处于极度活跃状态，伤口很快就会愈合。"那一天，我终于第一次亲身感受到了什么叫"切肤之痛"，严格地讲那不是痛，而是凉，手术刀尖进入肉里的感觉是冰凉冰凉的，凉得人体发抖。蔡医师鼓励我："不要硬挺，熬不住就喊，大声喊不要紧的。"于是我忍不住就狂喊，喊的同时，我能清楚地感觉到汗水从每一个毛孔中喷射出来……手术的最后是要取出大腿里的钢板和螺钉。我清晰地听到取出的钢板、螺钉扔进托盘里清脆的金属声。末了，蔡医师说："老王，还有一根不锈钢丝被新长出来的骨头包在里面了，取不出来，我看算了吧，就让它留在里面吧。"我坚定地说："不行，必须取出来！不是我身体里的东西都不能留。"蔡医师说："那要把新的骨头敲碎才行，我怕把你刚长好的腿骨敲断啊！"我说："你大胆敲，腿骨敲断了算我的，再接嘛！"于是，一记又一记敲打……终于，蔡医师喊道："取出来啦！"说着，用尖嘴钳把比大头针略长一点的、弯曲的不锈钢丝拿给我看。我激动地对他说："谢谢蔡医师！"

回到病床上没多久，我就成了整个住院部的英雄人物。原来蔡医师每天查房都对即将上手术台的病员说，你要向 10–9 号病床的老王学习，他取钢板连麻药都不打。于是，好多病友到我床边来看我，问我是否真的不打麻药，痛不痛？男男女女都有。印象最深的是一位才三十多岁的中学男老师，挂着双拐来看我，他说他腿里的钢板不想取出来了，再吃一刀实在受不了。我说："你还那么年轻，不考虑自己，

我离开博物馆后，就去搞基建。我八下龙泉深山采购木材，用相机和林场工人建立了良好的关系。1984 年 10 月摄于浙江龙泉

在长城上也不忘拍一张山寨记者像。1982 年 8 月摄于北京

1989 年我调到杭州市摄影家协会任驻会秘书长，当年我就率队赴大西北进行创作。
1989 年摄于陕西壶口

杭州市摄协与无锡市摄协结成友好协会。这是在太湖上跟渔民共进午餐。1990 年 9
月摄于无锡太湖

在丈母娘家的自拍。1992 年 8 月摄于杭州

　　我开了四次刀，第二次开刀就拒绝输血，最后一次甚至拒绝打麻药。
这是康复后的我，一切从零开始。2002年4月摄于上海

　　退休后，我在网上发布《裸退布告》："……从人满为患的山头走下来，走到底谷，再去攀登另一座荒无人烟，但却风光无限的山峰……"我辞去一切社会职务，潜心影像文学的探索。摄影作品《魂还在》，2019 年 2 月摄于杭州

总要为老婆、孩子想想！"可他把头摇得跟拨浪鼓一样道："我不像你，我是吃不消的……"说完拄着双拐一瘸一瘸地走了。因此我想，人与人确实不能一概而论的，有时候差距简直是天壤之别。后来我把他的胆小告诉蔡医师。蔡医师说，为了逃避这最后一道手术，偷偷溜出医院的不在少数。

这期间，杭州市摄影家协会秘书长的职务一直为我空着，我等到伤愈后再次走马上任。老婆也功不可没，每天为我的伤腿按摩一个小时，坚持了整整三年。我也没闲着，每天坚持暴走一小时。那段时间我脑子里闪现最多的就是保尔·柯察金、无脚飞将军……

我为什么要自拍

我们的文学艺术是为工农兵服务的。要说工？我在黑龙江的原始森林里伐过木、构筑过 701 战备坑道；要说农？我在黑龙江铁力独立二团四连播过种、割过麦、打过高粱，回到余杭县红星大队插过秧、耘过田、施过肥；要说兵？我曾是黑龙江生产建设兵团一连三排九班的班长。我读过的名著《钢铁是怎样炼成的》《呼兰河传》等，都是自传式文学巨著。为什么我就不可以为自己写、为自己拍呢？因为写自己、拍自己才最真实的，才不会误入公式化、概念化的千篇一律的模式中。这不是更贴近自己，为工农兵服务吗？

其实我从拍摄第一张自拍像开始，就压根不是去发表的，连陌生人都不会给他看。就是自己给自己找乐子，也是因为自己会照相给了我生活的勇气。无论多么艰难困苦，只要一面对刚刚拍摄的自己，一切就会烟消云散。现在才明白，这才是最真诚、最可贵的。为什么不坚持拍下去呢？

游
与
录

1972 年：登泰山造像记

　　1972 年是我人生中最灰暗的一年，因为前一年的突发事件（停止征兵，而我的应征年龄已到了最后一年），我当兵的梦想彻底破灭，于是不得不回山东老家开证明，将户口从黑龙江生产建设兵团迁回老家。而这只是个借口，实际是将户口装进自己口袋带回杭州，梦想找机会落户在杭州。当时不少回城知青都是"袋儿户口"，我们叫它"魂灵儿"。人回来了，魂可不能搁黑龙江不是？那一整年感觉自己就像一片凋零的树叶，从茂密的大树上飘落下来，脱离了大众、脱离了组织、脱离了集体。我第一次感受到了什么是孤独，更可怕的是自己迷失了方向，不知道前途在哪里。去山东老家开证明迁户口，只是迈出了寻觅出路的第一步。

　　去山东，肯定要去登泰山；登泰山，肯定要拍照片——这是我早就渴望的。因为当时我的同学、朋友们几乎都没有登过泰山，只是在书本上知道泰山是我国五岳之首的东岳。我当时的想法很简单，就是认认真真拍一组，回来做成一本照片贴册，写上我的名字，在朋友和同学中传阅，那是一件绝对"酷"的事。

泰山照片贴册扉页

岱庙天贶殿

准备是相当充分的，尽管当时穷得口袋里经常没有一分钱，但我们还是有来钱的办法的。一般是晚上，我和"毛牛"去食堂借一辆三轮车，换上黄军装，戴上红袖章和大口罩，飞快地骑到延安路、解放路等闹市区。那年代满墙都是大字报，但我们要找看的人不多的地方，或是早已过期没人看的地方。停下车先用手按一按厚不厚，如果不够厚就几张，很薄，就放弃，专门找按上去软软的、呼呼响的，然后蹲下去从底部扯开，使足全身力气猛地站起来用力往上一掀，那些大字报就像厚棉被一样被整片撕下来。不用多，撕它两三片，像叠棉被一样塞满三轮车，然后飞快蹬离。第二天卖到废品收购站，可得一两元钱，运气好时卖到三元的也有。钱我和"毛牛""二一添作五"。当时的120胶卷分正品、副品、等外品三种，"南方牌"120正品胶卷一元八角一分一卷，副品一元一角一分一卷，而等外品品种就多了，从六角到四角一卷或半卷都有。"海鸥"135正品胶卷三元六角五分一卷（带暗盒），副品一元六角一卷（无暗盒），等外品有好多规格，半卷也有，六角四分一卷。正品胶卷我从来没买过，因为太贵，一卷的钱可以买两卷副品。还有一种处理品胶卷更便宜，但基本不能用，脱胶严重，如果是印晒相片问题不大，看不太出来，放大照片就不行了，全是黑点或黑斑。最终，备齐了三卷120副品和一卷135副品，携带自己心爱的"海鸥"4B和向父亲借来的苏制"卓尔基-6"相机，装在黄色军用书包里出发了。

　　老家很穷，可镇上两元钱一斤的狗肉香得让人直流口水。街上有好几摊卖狗肉的挑子，那狗肉煮得很烂，骨、肉分离。挑子一头是口大锅，下面烧着柴火，锅里是煮得热气腾腾、香气扑鼻、红彤彤的剔骨熟狗肉。另一头是一块板，上面整整齐齐码放着金字塔般的、森白色的狗头骷髅，那一颗颗骷髅空洞的双眼齐刷刷地注视着每一位过路

岱庙里的经幢

人。主人则以这堆积如山的狗头来显示自己辉煌的屠宰业绩。那年月，
饥饿早已将人们的慈善之心吞食，填饱肚子是高于一切的宗旨，更何
况这香喷喷的美味呢？可婶子只给我买过一回狗肉吃，那是我到老家
的头一天晚上。婶子用了很多香菜拌了一大碗，狗肉被婶子撕成一丝
丝的，不整块，因此只见香菜几乎见不到狗肉，酒是老白干。可这是
我终生难忘的一顿美酒佳肴。证明很快办完，婶子知道我要去登泰山，
特意做了好几叠煎饼，又装了满满一袋腌香椿头给我背上，还说："等
下次来，婶子一定买一斤最好的狗肉给你捎带路上吃。"我真后悔当

岱庙里的古柏

时没和婶子留一张影。

　　乘凌晨五点的首班长途汽车来到泰安已是上午八点，立马奔火车站买好第二天晚上的回杭火车票，口袋里只剩下两元多钱，也没多考虑在山顶如何过夜，就往山上去。那时候不收门票，也没人把门，所有的门都是敞开的，任游客自由出入。首先进去的是岱庙，里面古柏参天，石碑林立，好像回到了古代，那种肃穆、庄严的气氛紧紧抓住了我的心。我掏出相机开始拍摄。天贶殿高大雄伟，整个大殿里一个人都没有，更平添了几分神秘感，仿佛在梦中一般。出了岱庙，穿过

岱宗坊

岱宗坊就是上山的石阶，走在石阶上听人说好像刚接待过哪国的外宾，
为此将"文革"标语全都清除干净了。我一口气登到中天门，口渴得
不行，见路边有个卖大碗茶的摊位，五分钱一碗。我咬咬牙要了一大碗，
还特别关照给我满上。中天门有些登山的人，但都不是游客，那年月
人们根本不知道什么叫旅游。我还看到十几位身穿运动服的年轻人一
路小跑上山，领头的还打着一面红旗，上书"征服泰山"。一看就知
道他们是当地某体育学校的师生，据说他们当天上下一个来回。他们
只看路，根本就不看四周的景。还有些外地来的登山者自背铺盖卷上山，
我感到非常好奇，顺手拍了一张。到了十八盘真有些害怕，因为没有
一个人影，不怕别的，就怕野兽，因为听婶子说泰山上有豹子，会伤
人。前面过了升仙坊，就是南天门。我松了口气，原以为天黑才能到呢。

天阶、红门

于是到处找拍摄点，渴了喝山泉水，饿了啃婶子做的煎饼和腌香椿头，这时候才感到那个香啊！

山间羊肠小道把我引到一个很深远的拐弯处，只见眼前一间茅草屋，屋前屋后挂满了晒干的草药和葫芦。我看过电影《秋翁遇仙记》，心想很可能就是在这里拍摄外景的。果然，一位白胡子老爷爷迎了出来。我那时候是少年白头，很纠结，老想可能会因此找不到对象，就问那

云步桥

南天门下云梯

仰望南天门

老爷爷：有治少年白头的药吗？老爷爷说：泰山何首乌啊！乌发特效！说着就把我领进了茅草屋里，指着板床上一堆大小不一、圆圆的灰干球球说：这就是，只有咱泰山何首乌里面是白色的，不信你买回去切开试试。我说：怎么卖？他说：你要哪一个？我指着最小的一个像大胡桃的球问道：这个多少钱？答：五角。这可是一笔巨款哪！想想自己美好的未来，终于横下一条心，买下了。"回去切丝儿，泡酒。"白胡子老爷爷道。如今真后悔没有跟他合张影。

来到云梯已是黄昏时分了，晚风渐起，望着那几乎陡过四十五度的漫长石阶，心里真有些寒意。想起山下的"登山须知"中，有"登山不看景，看景不登山"的忠告，于是抓紧铁管扶手，埋头往上攀登，根本不敢往下望。整个身子被风吹得几乎往后倾斜，好像手一松就会

五大夫松

中天门

像树叶一样被吹到山下。但我还是没忘记自己的"使命"，站定脚跟，
左手紧握铁管扶手，右手从军用书包里掏出"卓尔基"，单手调焦、测光、
调整光圈速度盘，最后取景，按下快门。

　　登上南天门，也不敢休息，立马找立足点拍摄云梯。这时天色已
渐暗，但能见度还行。四周没有道路，几乎是在荒草山地里寻觅到一
处绝佳的拍摄云梯的立足点，可角度还是不太理想，前景树木遮挡太多，
于是我把军用书包带当绳索拴在一棵老树根上，左手拉住书包的另一头，
将身子尽可能地往悬崖下挂，再用一条腿撑开整个身体，几乎是悬空

着用右手持机拍摄下了云梯这张片子。

　　拍完后几乎是瘫在地上，摸几根腌香椿头嚼嚼提神。待歇够了，天已擦黑，但还能见到路。经过天街，几乎是小跑，已是灯火时分。好像有个小饭店里头灯火明亮，有几位喝酒的在那大声说话。我连头都不回，因为我知道自己囊中羞涩。到了极顶招待所，看那价目表，租一件棉军大衣五角一晚，很高兴，总算有了御寒的，因为山上太冷。领到的棉军大衣破旧不堪，也顾不了那么多，穿上后坐在招待所走廊上，拿出煎饼一数，还有明天一整天，必须留出三顿，于是每顿只能吃两叠，否则又要花钱。火车是到上海转车，如果不能及时转上去杭州的车的话，还要在上海滞留若干小时，而逛大上海兜里没钱是很折磨人

迎客松下登山者身背铺盖卷

泰山极顶

极顶日观峰云海

的；再说回到杭州总不能走回家吧，坐公交也得花钱。于是紧缩开支，煎饼成了计划食品。我将装相机的军用书包抱在怀里，裹着棉军大衣，在走廊地板上酣然入睡。在梦里我第一次感到自己是那么渺小，在泰山面前随风飘荡，飘到哪里也不知道，而泰山千百年来岿然不动！无论是帝王将相还是我，都远没有泰山伟大。泰山是人类根本无法征服的，想想沿途那帮登山的学生所举的旗帜，便觉得好笑。

泰山日出是很有名的，但那年不是个顺年，清晨五点起来，天仍灰蒙蒙的。我请登山者为我拍了一张云海留影后，又回到招待所睡觉，实在太累了。一直睡到快晌午醒来，马上去退了棉军大衣，又上山顶拍摄极顶全貌。我的照相机没有广角镜头，为了表现极顶的宏大场面，我使出了当时的绝活——拍摄接片，把三脚架固定好，以使左、右两张照片水平线保持一致。收工后飞速下山，路经黑龙潭，独路荒陌，想起在来的火车上听闻泰山黑龙潭常有尸体浮出水面……于是一路高歌下山，也没觉得害怕。下山后，直奔泰山火车站。在车站饭店要了两角钱一大碗的炸酱面犒劳自己，然后打着饱嗝登上了回杭的列车。

回杭后首先将泰山何首乌切成丝，里面果然色白如雪。然后买来四角六分一斤的金刚刺土烧酒浸泡。一周后每天喝一小盅，喝到瓶剩三分之一不断添加。三年后果然告别花白头，至今仍乌发满头，令不少同龄人羡慕。

将在泰山所摄胶卷冲洗、放大，制作成贴册后便扔在抽屉里（仅此一本），从未拿去给任何人看过。因为当时新闻摄影主宰一切且愈演愈烈，风光摄影自然被打入冷宫。没想到这一搁就是四十多年，每次搬家都不舍得扔掉，因为毕竟是一番不寻常的登山拍摄经历。

1973年：野营白龙潭造像记

我从民国旧书中获知，杭州除了闻名天下的西湖十景之外，还有个西湖外十景，可这外十景都不在西湖边，而是在杭城郊区。"白龙飞瀑"就是外十景之一，位于杭城郊区古荡乡的大山里。从地图上看那里几乎没有人烟，更别说什么招待所、旅馆、饭店等服务设施，只有一个"白龙洞"。公交车只能乘到转塘，剩下几十公里弯弯曲曲的山路只能靠两条腿。当天来回是不可能的，必须找到住宿的地方，可当地连农家都没有，于是那个白龙洞就是唯一可以栖身的地方了。多少次跃跃欲试想要成行，都困于种种原因不得不延期。

这一年，大华和华忠从部队退伍回来，给白龙潭之行带来了希望，因为他俩不仅都被分配到电信局有了正式工作，而且每人都有一笔不菲的转业费。那时没有AA制，更没有请客之说。大华年长，当了头儿，没有谁提钱的事，大家分头准备自己可能想到的东西。"秋杭，拍照归你啦！"大华一声令下，我就成了此次野营的"随军记者"。"保证完成任务！"我虽然没当过兵，但黑龙江生产建设兵团武装连的机枪班班长也不是白干的。记得我们准备了好几天，激动得什么似的。

　　向白龙潭源头攀登。这里险峻异常，没有足够的勇气和胆略，是会退却的。而且千万要小心谨慎，稍不留神，就会顺着溪沟滑到下面的白龙潭里去

这里可一定要照个相，太美了！瞧，一泻千丈的白龙瀑布就在头上，巨大的轰鸣声震荡峡谷，人们沐浴在薄纱般的水雾中

因为这是一次男男女女十多个人的集体活动，更是有生以来第一次要在山洞里过夜。除了我自己那台"海鸥"4B 双镜头反光相机外，我还把老爸那台苏制 35 毫米"卓尔基 –6"相机偷出来带上。万一哪台出现故障，另一台立马顶上。买胶卷没有钱，就上大街撕大字报卖。我还借了支气枪，万一山里有野兽什么的也能壮壮胆。

临行之前，大华在他家里召集开会，询问准备情况，不愧在部队搞过野营拉练，他连急救药品、纱布什么的都想到了。关于睡山洞，大华专门作了指示：尽可能轻装，不背铺盖卷，因为要走很多山路，带几件军大衣就行，九月份的天冷不到哪里去。晚上要派岗哨，不能全都睡死了，两人一组，自愿结合，每组值岗两小时。每人都分派了任务，司务长、记者、卫生员，连文体委员都有，休息时还能表演节目，活跃一下气氛。队伍基本上由同学、同学的同学组成。

出发那天，好像是天没亮就到武林门车站集合了，大包小包十多个，外带两条扁担。汽车到了转塘，十多人一起下车，大华和华中表现出正规军人的素质，每人一条扁担，基本上把所有野营物品两肩挑了。午餐是快到白龙潭的途中解决的，以干粮为主。到达白龙洞已是下午三点多了，山洞不深，但挺宽敞。大华要求男生割草，并拿出两把军用折叠铲。一会儿就割了一大堆茅草，厚厚地全铺在山洞地上，然后盖上塑料布、军用毯和军大衣。住宿的问题解决了，司务长忙着用石头垒灶台，大铁锅倒满山泉水，他一边削着挑进山来的地瓜，一边宣布："今晚晚餐是馒头加地瓜羹，明天早餐有稀饭。"大华坐在军用毯上拿

噫——晚饭前他们在干什么？好像在算命……

天亮了，在洞口留个影。看来昨晚大家都睡得很好，没有发生什么意外

早餐并不丰富，每人只分到一碗稀饭。司务长正在沉思，也许在考虑中餐做什么菜吧

出扑克牌，给这个算命，给那个算命……很快，阵阵鼾声在山洞里此起彼伏，毕竟早上起得太早，又劳累了一整天。

我此次随"军"，计划中要拍一张晚上宿营山洞的照片，为此专门带了三脚架和自锁式快门线，以便锁定 B 门长时间曝光。晚上第一岗是大华和北进，男女搭配，干活不累。几天的疲劳，使我很快就倒在厚厚的茅草上昏昏睡去。睡到半夜，强烈的拍照欲望促使我惊醒，山洞里黑得像锅底，司务长把一个大地瓜挖空了芯倒进煤油做地瓜灯，鬼火样一跳一跳。大华和北进没了踪影，我披上大衣四处寻找，依稀看见他俩并肩坐在洞外，低着头在喃喃私语，完全忘记了轮流值岗的事儿……我拿出三脚架、照相机和手电筒，光线实在太暗，根本无法取景，只能靠长年练就的功夫目测距离，将光圈收到最小 f22，以便

午饭后，来一段小提琴二重奏，这是文艺委员的拿手节目

清澈见底的泉水太迷人了，姑娘们都爱在这儿洗洗脸。听说这泉水能让皮肤洁白如玉呢

夜幕降临了，山洞里发出阵阵香甜的鼾声。他们并不感到恐惧，我们的祖先不就是这么生活的吗

每人分到了最后一支烟，好好品品味道吧，这令人难忘的野营生活就要结束了。让我们到了老年再来回忆这段有趣的生活吧，相信每个人都不会忘记的

获得最大的景深。没有闪光灯我自有办法，把手电筒扣在碗上，用碗的反射将光散射到被摄物体上。资深摄影家都明白，拍照不怕光不足，就怕光不匀。因此，我用快门线锁定照相机B门，一手持手电，一手持反扣在电筒上的碗，还要来回晃动，让光线一遍又一遍地照在熟睡的"战士"身上和山洞的内壁上。我腾不出手看手表了，只能口中念念有词："一加一、二加二、三加三……"足足感光半个小时，那个累呀！

第二天的活动非常精彩，青春男女在白龙潭里沐浴，估计是前无古人的；而小提琴二重奏那青涩的旋律，肯定也是在这千年龙潭的深山里第一次奏响……一切都有照片为证。

回来后大家休息的休息，上班的上班，一切都恢复正常。可我却没白没黑地忙了好几天，将照片冲洗、放大、装订成册、编写文字，人手一册。附在照片下的说明，都是当年写的。

没多久，大华和北进结婚，我们都去喝了喜酒。

1974年：穷游黄山

清楚地记得那是1974年的盛夏，我正在余杭县（现余杭区）红星大队参加"双抢"（指抢收、抢种庄稼）。炙热的太阳仿佛被钉在天空上一动不动。突然，大队沈会计一路小跑过来喊："小王，杭州来的电话！"电话是小毛打来的，她说："快回杭州，今晚到大华家开会，后天一早去黄山。来回的长途车票我给你弄好了！"太好啦，去黄山那简直就像去天堂一样，在那个年月几乎是可望而不可即的大事啊！我二话不说，立马洗了脚穿上鞋，背上装着照相机的军用书包，步行十里路来到良渚汽车站。

回到家已经黄昏时分了。"怎么又回来了？"母亲没好气地问我。因为我刚被她赶回农村才没几天。是啊，这么大个人了老在家里吃闲饭也不是个滋味。在家里待得久了，母亲总要赶我回去，并要我好好参加劳动，才有可能早日被抽调回杭州。"大队有个采购任务派我去趟上海，我回来拿几件换洗的衣服。"我只好撒谎，更不敢伸手向母亲要钱。母亲半信半疑地看着我，没有吭声。我扒了几口饭立马蹬上自行车来到大华家。他们早已经坐满了一屋子，加上我一共六人。大

进山

华岁数最大，又刚从部队复员回来，所以整个活动安排全都由他指挥。他说道："明天大家准备一天，后天一早五点半在武林门长途汽车站集合，坐六点整出发的长途车。这次大家的车票都是小毛和小成在他们单位东一张西一张要来的单位职工每年发一次的优待券。省长途汽车运输公司就这么点职工福利，让咱们给占了。"我一看，在座的五位个个都有工作单位、有工资，就我没有。我知道叫我参加这次黄山游，又是让我拍照片，就跟两年前大家去白龙潭一样。可我当时口袋里只有二十多元钱，还要买胶卷。大华说："预计要四天时间，我们已经打听过了，山上最紧缺的是白糖和透明皂，带一些到寺庙或道观里就不愁没斋饭吃……大家的车票小毛和小成解决了，那来回路上的干粮和白糖、透明皂就由我和北进来办。""那胶卷……"我憋红了脸问道。"这个你自己想办法，有就多拍几张，没就少拍几张。"大华十分不屑地说道。

第二天，我骑车来到照相材料商店，120 胶卷处理品六毛三分钱一卷，上海牌副品胶卷是一元一毛一分钱一卷，正品南方胶卷要三块六毛钱一卷。我把口袋里的钱全都掏出来还不到二十元。考虑盘算了好半天，终于决定买三卷副品胶卷，剩下的钱只好全都买处理品了。因为对我来说到了山上啥都可以省，胶卷是绝不能省的，总共买了二十卷，口袋里仅剩下两毛钱了。我赶紧骑车到华忠家借他那台和我一样的海鸥 4B 相机。很多外行人都不懂，资深摄影记者为什么要背两三台相机？不是为了摆谱，而是怕万一哪台相机出故障或来不及换胶卷，另一台辅机可以马上顶上。此次去黄山意义重大，当时想也许此生就这么一次，于是决定带三台相机去，我自己一台，向老爸借一台，再向华忠借一台，万无一失。

第三天一大早，由杭州武林门长途汽车站开往安徽休宁的车开动了。

为抄近路，涉水前进

车上那位头戴白色铜盆帽、身挎三台照相机，可口袋里只剩下一个硬币的我，兴冲冲地跟着大伙出发了！心里那个激动啊，真想大喊："黄山，我来啦！"

中午时分，"老爷车"好不容易爬到昱岭关车站，我们六个"黄山客"就被车站检票员齐刷刷地叫下了车。"你们六位的车票只能在浙江境内享受免费，过了昱岭关就是安徽境界，需要买票。"真没想到居然会半路杀出这么个"程咬金"！如果买票每人要五六元钱，这可是一笔巨款啊！我估摸除了大华，大家身上都没带那么多钱。一商量，不买票，拦货车。小毛十分肯定地说："我们省长途汽车运输公司开往休宁、屯溪的车有的是，我只要把工作证给他们看一下，搭几个人绝对没问题！"结果大家来到公路旁拦车，只要见到浙字当头的货运车简直就像见到亲爹一样狂喊狂摇手，我和小成干脆站到路中间伸展双臂拦。那年月车少，好不容易等到一辆浙江牌照的车也是货装得满满的，根本装不下人。车开走后，望着空荡荡的公路心里也是空荡荡的。忽然，来了一辆浙江牌照的闷罐邮车，大华立马来了精神，因为他是杭州市电信局的工会头头，邮电是一家嘛！可是车停下后才发现驾驶室里已经坐满两人了，大华还是掏出工作证上去好说歹说。结果驾驶员被说动了，跳下车来到车后打开闷罐车厢，里面堆着半车邮件袋。"最多只能上两位。"驾驶员道。大家商量半天还是让大华和北进上去了，因为他们带着干粮及登山用的工具等，大家说好到黄山宾馆集中。车

过了溪滩，我（左三）支起三脚架拍了一张合影。左一为驾驶员

遥望一字瀑

开走后，只剩下我和小毛、小成、小华四人，继续拦车。一直等到下午四点，才总算等到一辆浙江牌照的大货车，一阵激动过后，看到车厢又是高高地装满了货后立马像泄了气的皮球，连手都懒得举起，只好瞪着双眼看它驶过。没想到车驶过后立马靠路边停了下来，驾驶室门一开跳下一个人，朝我们大喊："小毛！"原来是小明，他父亲原是浙江省文化局局长，"文革"初期下放到绍兴劳动改造，跟小毛的父亲在一起，他们俩就认识了。那位驾驶员也是干部子弟，跟小明是"开裆裤朋友"。小明问清楚我们的来意后，说他们的车正好运货到休宁，他俩也打算乘机去黄山玩。真是天无绝人之路，可是怎么塞得下呢？小明说他有办法。小毛是女的，把她硬塞进早已坐满三人的驾驶室，我、小成、小华被安排在驾驶室顶的木架子上，这个木架子跟驾驶室的面积一样大，是放雨棚的，我们三个人坐上去正好，但四周仅有二十厘米高的铁栅栏，人坐在上面很容易被甩出去。小明从车厢找来如乒乓球直径一般粗的麻绳，把我们三个人牢牢地连腰绑在一起，麻绳的两头拴死在左右铁栅栏上。简直把我们仨当货给捆了。车终于开动了，我还是第一次坐那么高的车，公路旁的树杈几乎就是擦着我的头皮飞过去的。我想，如果树杈再低一点，我们的脑瓜子肯定开瓢了！然而，新奇和喜悦还是迅速占了上风。

过了昱岭关，全是盘山公路，我们仨在驾驶室顶上左右不停地摇晃。好不容易车爬到一座山顶突然熄火了，小明和驾驶员跳出来对我们说："一点小毛病，你们就别下来了。"这时小华从他贴身的军用书包里取出一台军用望远镜，向前方望了望："啥也看不见。""让我看看！"我接过望远镜朝山底下望去，哇！白墙黛瓦、飞檐翘角、层层叠叠、炊烟缭绕，好大一群恰似世外桃源般的皖南民居啊！我暗暗下定决心，今后一定要找机会到这里来进行摄影创作。到了黄山宾馆已是掌灯时分，

无名桥上留个合影

大华在门口见到我们就诉苦，说北进在闷罐厢里晕车，把车里的邮袋吐得一塌糊涂。但无论怎么说，我们还是省下了几十元钱，免费来到了黄山脚下。我偷偷跟小毛讲："这住宾馆我可没钱，我的钱都买胶卷了。"小毛悄悄地跟我说："你不要想，大华刚退伍，转业费有上千元，他们会付的。"我精神为之一爽，期盼着明天上山。

可是，第二天这老天爷偏偏要跟我作对。由于我从红星大队接到小毛电话后立马步行十里田埂小路乘车回杭，又马不停蹄地来到黄山脚下，致使小腿肌肉严重拉伤，早上居然酸胀得连床都下不了，而大

　　黄山宾馆前，我为他们服务，拍集体照。左起依次为小华、小明、小成、北进、小毛、大华

　　小毛（左）和北进（右）在黄山宾馆合影留念

途中小憩

伙儿却兴致勃勃地准备登山了。"大华，能不能休息半天？我这腿肚子肌肉拉伤了。"大华没好气地说："怎么能为你一个人拖大家的后腿？小成，给他按摩按摩。""好嘞！"小成挽起袖子，露出比我大腿还粗的双臂，狞笑着向我床边走来。"你可千万不要使蛮劲啊，你面对的可是未来伟大的摄影师哦！"我哀求道。"狗屁摄影师，你哪怕扬名世界也还是个照相的。"立马，随着他那老虎钳般的十指按下，我惨烈的嘶叫声把黎明的黄山宾馆震得摇摇晃晃。

登山终于开始了。那个年代游山玩水可是资产阶级生活方式，鲜有人敢于涉足，不但整个黄山宾馆空空荡荡，山路上更是没有其他游客，整座黄山好像只有我们一行人。我强忍着双腿的酸痛紧跟队伍，还要跑前跑后地拍照，肚子早就饿得咕咕叫了。到了中午，北进宣布就地休息、用午餐。于是大伙儿就瘫坐在路边石头上，北进从她和志华扛的网线袋里取出干粮分派，每人一个刀切和一个司考。司考是杭州海丰西餐社独家经营的西餐糕点，用牛奶和砂糖做的，是当年甜点中的奢侈品。于是，大伙就着水壶里的凉白开狼吞虎咽起来。可这点干粮对我来说简直就是"老虎舔蝴蝶"，但在前不着村后不着店的地方，只好忍着。一路上风光渐入佳境，尤其是远处玉屏峰在望，黄山简直就像一处大型的盆景。大华看了看黄山导游图道："今晚就宿在玉屏楼，先找个寺庙'化缘'去。"一旁，小成掏出了军用望远镜："报告，左前方发现一座寺庙。"于是，大家的步伐加快了。

途中午餐

大华（左一）完全像战场上的指挥员

　　经过弯弯曲曲的山间小路，我们终于找到了这座隐藏在绿荫环抱中的小庙。进得门去，见到两位僧人，小成忙双手合十道："阿弥陀佛。"两位僧人也回了礼。大华忙递上一包白糖和两块透明肥皂，其中那位年长的僧人连忙双手郑重地接过，然后我们几个也一一双手合十走过去。小毛低声跟我说："是尼姑。"可我怎么都看不出她们的性别。大伙儿坐下后，小尼姑给每人端上一盏茶。老尼姑道："请各位杭州客品尝本庵的毛峰。""你怎么知道我们是杭州来的？"我问。"这包装纸袋上印着。"老尼姑伸出干枯的手指指向那包白糖道。我不得不肃然起敬。茶非常清淡，但慢慢会感到一股香味。大家闲聊了一会儿，斋饭端上了桌。"本庵经常有全国各地的香客来，斋饭也是有规定的，每人一份，请慢用。"老尼姑道。说是饭，其实是粥，就是比较稠一点。《徐霞客游记》中记述，他们一行人在山上"造饭"，其实也就是煮粥。没有干粮，小菜不错，每人一小叠豆腐乳外加切片的酱瓜，非常清爽。我很快扒完了一碗还想再加一碗，可是没见到锅子在哪，也只好作罢。

吃了个半饱，告辞了老尼，便来到玉屏楼。楼不大，很陈旧，小小的二层楼。那年代没有身份证，看一下工作证，登记一下就可入住，可是当我们推开客房门时，一股浓烈的霉味扑面而来，所有床上的席子、

北进和大华的合影。回杭不久，他俩就喜结良缘了

毯子上都有厚厚一层霉花,肯定是很久没人住了,根本就没有人搞卫生,连服务员都没有,一切自理。幸好是夏天,也不需要保暖,大伙儿用脱下的衣服在床上掸掸就倒下了。为了节约经费都是两个人睡一张单人床,我们要的是四人间,四张单人床,八个人睡正好,那年代男女同房睡很正常。我跟小华一张床,半夜,小华拿出三节电池的手电筒起床,问我去不去撒尿?我知道他不敢一个人出门。谁知道小华是憋急了,也不去走廊尽头的卫生间,直接把我们房间对面的玉屏楼大门打开了。哇!一片白茫茫,小华的手电筒只能照一米远,四周啥也看不见,仿佛掉进了巨大的石灰缸里。

第二天一早,开始登峰黄山之巅——光明顶。出了玉屏楼四周就

回到杭州才知道,小毛当时身怀六甲,所以北进要照顾她

玉屏楼前，我又支起了三脚架为全体拍了合影留念

全是云海，流动的云伴随着我们八个人不断向上攀登。我脚下踩的好像不是路，而是白云——奇松、怪石忽隐忽现，很快，又都随风飘到脚下去了；眼前又惊现更怪异、更奇特的景象，但很快又转到脚下去了；眼前又——哪还有半点人间的烟火？可我此时脑子里就惦记着肚子，心里老在想：哪天吃过一顿饱饭？在红星大队参加"双抢"时，一日三餐全是煤油炉煮挂面吃，连鸡蛋都舍不得买，都是随便到谁家菜地里拔棵青菜煮煮。从余杭县赶回家，到登上黄山，已经三天了，都没好好吃饭，于是老在想吃饱饭是啥滋味？尤其是酒足饭饱的那个滋味，

登上光明顶，一览众山小

还真是想不起来了；还有那咬一口就满嘴流油的、又肥又厚的红烧肉是啥滋味？越想越饿、越饿越想，哪还有心思去观赏风景？我不时地把目光从风光移向北进和大华轮流背的那只早已干瘪了的网线袋，我老觉得北进的嘴在不停地蠕动，一旦觉察到有人盯着她的嘴，她就立刻僵硬地停住不动了。中午分派干粮，"每人两个刀切，司考没有了，刀切也没几个了，大家坚持一下，到了山顶就有饭店了！"北进道。这刀切一风干个儿也小了不少，我两口一个就吞下去了，还想向北进要一个，可北进早就将网线袋的口子扎得死死的了。快到北海时，我

恍若仙境

双腿开始发软，北进从我身边走过，我突然灵机一动，抓住她肩上装刀切的网兜道："来，我帮你背吧，关键时刻还得靠我们男的！"北进望了望我，终于松开了手，可没想到另一只更强劲的手一把从我手里夺走了网兜，是大华。"到你手里还有剩的啊！"大华道。

下午三点抵达北海宾馆，可餐厅要五点钟才营业。我们包了一间四张单人床的房间稍事休息。大华掏出地图道："这里东南西北都是景，现在大家把行李都放在房间里，干粮都分掉，轻装前进，上鲫鱼背，回来吃晚餐。"北进打开网兜，还剩四只刀切，每人分了半只。我分

在光明顶上用三脚架自拍的合影

北海宾馆观日出

到的那半只刀切连皮都没有。鲫鱼背是黄山之巅，快到时眼前是一座光滑的、几乎成90度角的陡峭山岩，上面凿有一溜笔直向上的石窝窝，旁边有一条铁链。必须双手抓住铁链、双脚踩着石窝窝一步一步向上攀登。大家排成一串，下面的人几乎是用头顶着上面人的屁股往上拱。到了顶上，山风呼呼作响，人都不敢站起来，只好一个紧挨着一个坐下。因为地方非常狭小，我跟他们挤在一块儿距离太近，没法拍合影。我就拿出了两年前在泰山极顶悬崖上拍摄云梯的独门绝活儿：先掏出35毫米相机，目测距离，利用镜头上的景深表，凭经验设定光圈和快门速度，并将镜头焦距对在超景深刻度表的范围中间。然后左手抓紧铁链，整个身体尽量往后仰，右手将相机举过头顶，再尽量往后拉开距离进行盲拍。担心一张可能不成功，一连拍了三张才住手。此刻若是左手一松，我整个人就会坠下万丈深渊。完成任务后，我抓住时机

鲫鱼背上的合影

说："大华，就冲着我这一不怕苦、二不怕死的敬业精神，晚餐也得好好改善一下伙食吧！"小毛赶紧帮腔："应该的，秋杭这两天够辛苦的，他和大家一样爬山，还要给大家照相。""回去你们可以休息，我还要想办法买放大纸，给你们每人放大一套照片。"我急忙补充道。"好的，晚上喝点小酒！"大华一锤定音。鲫鱼背还有一个景点是天桥，可当我们手牵着手、人挨着人来到天桥边时都傻眼了，眼前的一座小山包距离我们有将近十米远，没有路，横着一条仅仅四十厘米宽的青石板，没有铁链，两侧都是万丈深渊。此刻已近黄昏，风大得不得了。小毛和北进两位女同胞首先打了退堂鼓，小成也以头昏为由放弃了过桥。"这么大个人，胆这么小。"我乘机报复他对我下的狠手。"小成有高

清凉台

北海宾馆门前合影

血压的。"小毛急忙为弟弟辩解。大华不愧当过兵，第一个昂首阔步快速通过了，然后喊："眼睛往前看，千万不要往下看。"小明第二个上去，晃了两下立马跪下，四肢着地猴子一样爬了过去。于是大家学样一个个爬了过去，最后剩下我。说实话我心里还真有点发毛，因为他们都是空手，我则要背一台相机过去，那两台和三脚架交给了小毛。为了不让相机在爬行的时候晃来晃去，我解开裤腰带，把相机绑在腰上。刚爬上青石板我就觉得两眼直冒金花，我知道不是吓得，而是饿得⋯⋯

回到北海宾馆天色已暗，到餐厅一看，只供应客饭，每客三毛钱，三菜一汤，两荤一素，没有炒菜更没有酒，还好饭管饱。不一会儿菜上来了，每人一小盘红烧肉，像麻将牌大小六块，红润润的，还有一小盘黄瓜炒鸡蛋，一小盘炒青菜，汤是八个人一大锅的榨菜蛋花汤。大伙儿狼吞虎咽，我一连吃了四碗——所有碗、盘、锅都被吃得干干净净的。我知道饿急了的绝不止我一个。晚饭后来到不远处的西海排云亭，天色已黑的远处，金色的云海不停地翻滚，太壮观啦，我举起了相机……

　　第三天登始信峰，"始信黄山天下奇"便是从那里来的。最奇特的是"十八罗汉朝南海"，让我想起了我已经完成了一半的自拍像系列，于是对好相机速度、快门、焦距交给小毛，自己身背两台相机和便携式三脚架，以"十八罗汉朝南海"为背景给自己拍了一张。到了清凉

小毛和北进在"猴子观海"留影

"山寨记者"在黄山留影

台云海又起，真是云雾缭绕，乱云就在身边飞舞，还有"猴子观海"，眼前的景色都被我一一收入镜头。

最后一天，大清早便下山了。走后山黑龙潭，一路上没什么景点，大家走得非常快。北进的网线兜早就收起来了，什么干粮都没有了。俗话说，上山容易下山难，我开始饿得双眼冒金星，两腿发软，肚子咕咕乱叫。好不容易走到山下，早已饿得发昏。终于看到路边有一家点心店，供应烧饼和馄饨，烧饼三分钱一个，馄饨一毛钱一大碗。大伙儿一拥而上，都是自己掏钱买自己的食品，没人管我。我明白随着旅行的结束，"公有制"也随之解体了。可我一摸口袋仅剩一枚五分硬币。饥肠辘辘的我此刻望着小毛正端着满满一碗馄饨，油渣和葱花的香味随着热气钻进我饥饿难耐的胃里——我怎么还熬得住？于是厚着脸皮摸出那五分硬币走过去对小毛说："我俩拼一碗吧？我只有这五分钱了。"还是小毛仗义，二话不说，向老板娘要了一只空碗，用汤勺分了一半馄饨给我，没要我的钱。我第一次感到了当"乞丐"的滋味。黄山的馄饨皮薄、馅大，浮在汤面上的金黄的油渣和碧绿的葱花更是让人眼馋。这是我一生当中最难忘、最鲜美的半碗馄饨。

1989 年：大西北采风记

转战陕甘宁

1989 年我以中国摄影家协会会员和几十张获奖证书的资质，调到了杭州市文联，经过摄影家协会会员代表大会选举，接替老秘书长庄熙的职位，主持协会日常工作。而协会工作的重中之重就是组织会员创作，我走马上任的第一把火，就是组织会员进行了一次西部采风，总共有十一名会员参加。

那时候协会公章很管用，只要会员报名，协会开一张证明，即可向该会员所在单位请创作假三十天，单位一般都会同意，因为费用一切自理。方向是西部，但具体路线尚不确定。我打算一站一站走，走一站大家合计一下，再往前走。最理想的终点是敦煌，第一站则是西安。

临别时，老秘书长庄熙召集我们开会，依依不舍地说："虽然此次不是去旅游，又是大家自费，但是不要搞得太辛苦，有条件还是尽量吃好一点，住得也不要太差，安全是第一位的。"

我和"小洋马"在枣园毛主席的窑洞前合影

延安附近的窑洞群

出发那天晚上，在杭州火车站集合。大伙儿一律长枪短炮，外带三脚架、旅行袋、摄影包。包括我老婆在内的不少人的家属都前来送行，有点悲壮。车到上海是半夜，换乘上海到西安的直快硬座，要两天两夜。那时的火车，情况跟"文革"大串联时没多少区别，不但没有吃的供应，连热水都没有，有的会员就用车上的自来水泡方便面。我实在看不下去，因为我年龄最大，只好咬咬牙，在一个大站的月台上买了只烧鸡犒劳大家。到了西安，我提议吃当地的特色，大家说好。我们就来到车站附近一家陕西担担面馆。每碗五毛，碗有小脸盆那么大，面有皮带这么粗，而且辣得呛人。吃到一半只听"咚、咚"两声，我回头望去，只见两位会员重重地放下碗筷，招呼也不打出门去了。我以为他俩有什么要紧事要办，也没在意。可等大伙儿都吃完了，还是左等不来右等不来，我急了，招呼大家在面馆门口不许离开，我独自一人到处去找。我估摸着这二位爷大概是吃不惯担担面，吃别的馆子去了。果然在附近一家大饭店找到了他俩，正点了好几盘大菜在那里狼吞虎咽呢。我正想板起面孔训斥，"庄秘书长讲过的，有条件可以吃得好一点的。"他俩道。我的心立马就软了。是啊，两天两夜没正儿八经吃顿热饭菜了，我还带他们吃担担面？我是北方人，他们可都是地地道道的南方人啊！

　　这支队伍肯定是没法儿带了，于是当晚我就想了个主意，兵分两路，自愿选择。一路目的地是敦煌，另一路目的地是陕甘宁革命老区。我估计大多数人一定会选择敦煌，果然，最后表决时十一名会员中有九人选择了敦煌，只有我和另一名会员王和平（外号"小洋马"，是我在黑龙江生产建设兵团时的哥们"大洋马"的弟弟）选择了陕甘宁。其实我早有自知之明，自己不是干组织工作的料，为了避免矛盾才兵分两路的。在去敦煌创作的九名会员中，我指定了两名协会理事分别担任正、副组长，我还召集他俩开了个小会。会上他俩告诉我，他们九人中多数认为好不容易出来一趟，不能太委屈自己，有的会员居然怀揣一万元现金打算在路上消费。而且他们提出，为了贯彻庄秘书长临别会议上"安全第一"的指示，一路上基本选择在县城以上的城镇落脚，偏僻、危险、人少的地方尽量不去，让我尽管放心。在西安，我带大家共同游览了秦始皇兵马俑、华清池、兵谏亭等名胜古迹。休整了两天后，把他们送上了西去的列车，我和"小洋马"便登上了北上的长途汽车。

从西安到延安

长途车一早从西安驶出，很快就上了盘山公路，两边的悬崖峭壁越来越陡，越来越高……当崖壁上巨大的"雄关"二字映入眼帘时，我才深深感受到何谓"一夫当关，万夫莫开"。当车驶上山脊时，两边的白云开始在脚下飘动。一望无际的黄土高原很快激起我的拍摄欲望，几次从包里掏出相机，但终因车速太快而不得不放弃，只能望景兴叹。然后便是窑洞、羊群、骡马车……车到延安，天已擦黑，宝塔山、延水河都被夜色吞没了。我拿出协会介绍信在一家招待所登记住下，到街上跟"小洋马"每人吃了一碗羊肉面后，马上回招待所给妻子写信。因为临走时答应她每三天写一封信的。

"文革"大串联时，我和班里的红卫兵一起来过延安。记得最清楚的，就是当年延河边插着一排排红旗，一车车红卫兵举着红宝书、高唱着语录歌来到河边，以宝塔为背景，以延河为中景，纷纷排队在延河边拍摄集体照。那时的宝塔那样高大，延河水那样清澈……

第二天天刚亮，我们便长枪短炮、全副武装地出发了。可是，

陕北老汉

下地的农民

窑洞人家

一到延河边却傻眼了：整个河床是干枯的，黄褐色的床底完全裸露，只剩一条细细的小水沟。我们急切地顺着延河边走去，终于见到了宝塔山和宝塔，看上去也没有以前那么雄伟、那么高大了。理想中的延河畔、宝塔山的照片是无法拍了，我和"小洋马"又奔向枣园。没想到城里居然没有到枣园的公交车，我们只好在离枣园最近的公交车站下车，然后步行了好长一段路才到。我简直不敢相信这一切是真的，因为反差太大了。"文革"串联时，每天有好几趟红卫兵专车把人一批又一批送到这里，整个枣园也到处是毛主席像、红旗、横幅、标语和高音喇叭，人如潮、歌如海。如今要走好几里路不说，到了枣园冷冷清清，居然没有一个参观的人。毛主席住过的窑洞空空荡荡，窗户纸还是破的。不过我倒觉得这番景象更接近当年战争时期的真实景象，因为那个年代不可能插那么多红旗，放那么多高音喇叭。在这样偏僻、艰苦的环境中还能坚持革命，信念确实是令人敬佩的。但像"文革"时期天天搞得像过节那样反而失去了枣园的本来面目。离开枣园，不知为什么好像一下子失去了目标，下一步往哪走？茫然不知。只好拖着沉重的步子来到延安市区。整个市区被煤烟笼罩着，灰蒙蒙的，天也不蓝，树也不绿，连大姑娘的脸蛋都是灰灰的，哪里还有什么可拍摄的景物！我想起了当地摄影家协会，于是在一家邮电局要了一本电话号簿查询，遗憾的是，根本就没有摄影家协会这么个单位，但查到了延安市文化馆，可电话打过去没人接。于是我和"小洋马"决定登门拜访，有文化馆就一定会有摄影干部。

文化馆大门紧锁，我们就问邻舍，被告知关门已有两个多月了，原因不清楚。我们几乎绝望，忙问有没有搞摄影的干部？就是照相的。我说我们从浙江杭州来。延安老乡非常热情，答道："有一个杨老师，画画的，也照相。"说着就主动带我们去找他。杨老师住得不远，很快就找到了。杨老师个子矮矮的，穿一件很旧的西装背心，系一条脏兮兮的领带。杨老师知道我们的来历后显得非常窘迫，右手习惯性地伸进裤兜里，可半天拔不出来。我急忙掏出一盒精装大前门抽出一支递上，他双手接住，凑到"小洋马"为他打着的打火机上，深深地吸进一口后，吐着烟雾道："不好意思，四个月没发工资了，所以局里同意不上班的。"当我问到附近有什么可创作的景点时，他眼睛一亮："壶口啊！壶口瀑布可有名啦，五十元人民币上的瀑布就是咱壶口瀑布啊！"于是他非常详细地告诉我们坐哪趟车，到哪下，怎么走。我们好像是迷途的羔羊找到了救星一般，我咬咬牙掏出两盒柯达彩色胶卷作为酬谢。可没想到杨老师皱起眉头说："这玩意儿在咱延安没地方冲印，要拿到西安才能冲印，你还不如给我换两卷黑白的吧。"我立马换成四卷最新的乐凯400度黑白卷，杨老师双手接住一个劲儿地说："谢谢！谢谢！"

从壶口到宜川

按杨老师的介绍，没有直达壶口的长途车，只能坐到黄河大桥边上的一个叫七郎窝的站，下车就能听到壶口瀑布的轰鸣声，顺着声音往上步行十二里才能到达。不过杨老师说，壶口每天都有拉黄沙的大卡车，运气好的话，拦下一辆兴许能捎带你们去壶口。运气不好的话，就只能靠两条腿啦！

陕西的伙食没有别的，只有牛羊肉。顿顿如此，几乎没有素菜，吃得我俩直上火，嘴唇干裂还好，肛门疼痛排不出便最是难受。"小洋马"痔疮大发，幸好他早有预防并带足了药，一旦发作立马找厕所，褪下裤子将子弹头般的药丸塞进去。我拼命买苹果吃，也不管用，最后实在没办法想起了我们山东驱火的特效蔬菜大青萝卜。我啥也不顾，连皮拼命啃，"小洋马"嫌辣，勉强啃两口就不吃了。那天我俩带着所有的行李和摄影器材，坐长途车到了七郎窝，已是下午两点半，放眼四顾，根本没有拉黄沙的车。咋办？走！朝着壶口，那隐隐传来的瀑布轰鸣声仿佛就是动力。走了半程，"小洋马"的老毛病又犯了，上车前在车站公厕刚塞过一粒，现在啥也不顾了直接在路边脱下裤子又塞，幸好路边没人。我知道他除了上火还因为太劳累了，于是二话不说，上去把他所有的行李和摄影包全背到我身上，就剩支三脚架他非要自己拿着。说实在的，一听到黄河在咆哮，我浑身的热血就跟着沸腾起来！就这样我们两人硬是徒步到了壶口。

整个壶口没有一个人影，只有我们俩。我连气都来不及喘一口，马上掏出勃朗尼卡相机拍摄起来。瀑布掀起的雾气是巨大的，整个人就像被笼罩在狂风细雨中。没有一根钢柱，没有一条铁链，双脚踩着湿漉漉的、犬牙交错的岩石，心里很不踏实，因为越临近瀑布，脚下奔腾狂泄的气流就越大，掀起的巨大气浪一个劲儿地把你往瀑布下面吸。我非常清楚，这时哪怕一头大象被吸进去也会立刻粉身碎骨，瞬间消失。由于我们所站的山岩过高，与瀑布成平视角度，难以体现瀑布的气势。我就一步一步往瀑布下方走，一直走到最底层。这时抬头向上望去，只见黄河水从很窄的岩口中喷出巨大的弧度，从头顶倾泻而下，这时我才真正感受到李白"黄河之水天上来"的壮观，他一定是亲临过此地，说不定就站在我现在站立的这块被巨大气浪吸附着的岩石上，否则不会有那样的感受。

原生态的壶口瀑布

　　"小洋马"以看管行李和摄影器材为由，没敢下来。我手中的勃朗尼卡相机像上足了发条，不停地开启着快门，很快，口袋里四卷黑白、两卷彩色胶卷被消耗殆尽。我扯足嗓子喊"小洋马"送胶卷下来，可黄河的咆哮声把我的声音完全盖住了。我只好再往上攀登，当我登上最顶层的山岩时，突然发现脚下有几个褪色了的柯达120彩色反转片的纸盒，再走几步又发现几个富士的，凭经验判断，来过这儿的专业摄影师应不止一拨，而且早在好几年前就有先驱者来过了。我马上像泄了气的皮球一下子瘪了，因为事实证明，我们正在重复干着别人早已干过的活儿，没劲！

　　收起相机，已经是下午五点多了。我们之所以把行李全部带来，是想在壶口住下，第二天再拍的。因为杨老师告诉我们，几年前壶口就在建一个招待所，现在早该建好了。可是我们只看见一块牌子，上面写着"壶口招待所"，旁边立了几根木桩，一个人也没有，大概

从壶口到宜川途中

宜川郊外的胡杨林和羊群

已停工有些年头了吧。我们只好原路返回往七郎窝走。我们不知道还有没有长途班车，但其他过往汽车总会有的。我们准备到公路上拦车，能捎到哪儿就在哪儿过夜。幸运的是我们刚离开壶口，后面就上来一辆拉黄沙的车，真是天助我也！我急忙上前拦车，车停下后，我掏出中国摄影家协会会员证要求搭车，说车到哪儿我们今夜就住哪儿。驾驶员和我们年纪差不多，非常爽快地问："车到宜川去不去？"我说："去！"可副驾驶室只能容纳一个人，我就把体力不支的"小洋马"扶上车坐好，把所有行李和摄影包、三脚架放到车后黄沙堆上，自己挎一台35毫米相机也爬到黄沙堆上坐下，然后用一根粗绳子把所有包和我自己的腰紧紧缠绕在一起。车开了，这一路的风光简直是太棒了，车就在几乎直立的悬崖峭壁下绕弯道行驶，

宜川郊外的牧羊人

宜川的早市

我手中的相机在落日余晖照耀下响个不停。视野 360 度，一点障碍都没有，尤其是高高的岩壁上层层叠叠的水波纹和夹杂着的贝壳化石，无声地告诉人们多少年前海水就在这岩顶上奔涌咆哮而过，又经多少年后海水退去，便剩下了黄河……车驶进宜川县城，已是初夜时分。下车后我送给驾驶员一包大前门烟，他坚决不收，邀他一起吃饭也被谢绝了。

在宜川我们休息了三天。第一天几乎是在招待所里度过的，不是躺在床上闭目养神，就是坐在桌边写信。第二天到城郊一家小饭店吃午饭时，向他们借了两辆自行车，并承诺晚上回来还在这家饭店吃饭。掌柜的很爽快地答应了，于是我和"小洋马"骑上自行车向大片大片的榆树林骑去，在那里我们拍到了羊群、羊倌。这时我突然感觉我们不是过客，就是本地人，这感觉好极了。回到那家小饭店就像是回到了自己家一样，热菜热面早已准备好了，还按"小洋马"的要求，特意炒了萝卜、油菜两个素菜，我要了一瓶老白干，酒过三巡后浑身舒坦。第三天我们又到这家饭店，吃了午饭，借了自行车朝另一个方向骑去。收获颇丰，不仅拍到了许多风土人情的照片，还听说了不少当地的逸闻趣事，包括"米脂的婆姨绥德的汉"。于是，我和"小洋马"决定去绥德和米脂。

从绥德到佳县

从宜川到绥德的公路上，陕北那浩瀚、广博、雄伟的黄土高原奇景，接连不断地从车窗外飞快地掠过，简直就像拉洋片一样目不暇接。我手中虽握着 35 毫米相机，但 ASA400 的胶片速度，快门无论如何是提不快的，再高明的摄影师都只能望景兴叹。有时候我真想喊停车，但看看满车的人只能作罢。此刻我已下定决心，必须更换交通工具——

对！最好是马车，随时可以叫停，任我们随意拍摄。

饭店，是最好的社交场所。到了绥德，我们找了一家像样的饭店。进去后先不忙着点菜，而是把掌柜的叫来，说明来意，请他为我们雇一辆马车，从绥德到米脂。老板是个大胖子，说："哎呀，现在马车可不好找啊，都不养马啦，草料供不上啊。"我说："那好，我们上别处喝酒去。"老板立马改口道："好好！我去张罗张罗看，你们先点，吃着、喝着，我这就去找。"我说："找不到咋整？"他说："一准给你找来，找不来这顿酒菜你不付钱，算我请。"

陕北人很豪爽，说话算数的。于是我们坐下点菜喝酒。等酒足饭饱老板还没回来，"小洋马"有点急了，说老板会不会耍我们？我说不会，反正钱还在我们这。又等了好一会儿，老板果然带着一位年轻人进来："来啦来啦！哎呀，城里不好找，我骑车到郊外去好不容易给你找来这娃，当过兵的，你放心吧。"我一看，小伙子挺俊的，有一米八的个头，他还特地换了身绿军装，戴了顶绿军帽，手里拿着一根比他人还高的马鞭，挺像回事儿的。我问了他姓名，给他看了我的中国摄影家协会会员证，并说明来意。

"啊，记者啊，行，我保证完成任务！"我们明明不是记者，可那时候人们但凡见到挎相机的都认为是记者。我们也挺受用的，因为记者无论到哪儿都受人尊敬。我问他从绥德到米脂要走几天？他说有一百多里地，现在马上走，第二天晚间才能到。我问他要多少钱？他说："哎呀，现在草料贵啊，怎么也要一百块钱。"我说："好，吃住我们包了，给你一百二十元，先给一百，那二十元等到了米脂如果我们感到满意再给。"他说："行啊！那就走吧。"

原来他把马车也赶来了，还非常主动地帮我们把行李和摄影包搬上了车。那马车车厢很小，比我们东北的大板车小多了。再看看那马，耷拉着脑袋，目光迟滞。我说："这马好像有病？"马老板忙道："病倒没有，就是岁数大了点，拉车还行。"马老板把我给他的十张十元钞票仔细叠好塞进内衣口袋，见我们人货均已上车后，扬起马鞭："驾！"我们终于上路了。虽然颠簸一些，但视野开阔，说停就能停，比长途车爽快多了。

马车出了城，便开始在平整的公路上奔驰。马老板兴致很高，一路和我们聊这聊那，问我们哪人，当过兵没有？当听说我们没当过兵，他立马得意起来，问："看过电影《巍巍昆仑》吗？"我说："没看过，但听说过这部电影。"马老板道："我演的，还见过毛主席、朱老总呢！"我立马刮目相看："你当过演员？"马老板："是啊，你们看就在那山下，好多人啊。"说着手指向远处那连绵不断的山脉，接着道："我就赶着这辆马车，送军粮。"我问："一共有多少辆马车？"他道："哎呀，'老鼻子'啦，一长溜，好几百辆啊。"我又问："你排在第几辆？"他道："咱也不清楚，反正剧务安排的。演了两天啊，这草料、白面馍管够，每天还有五块钱劳务费，八辈子都忘不了啊！"这一路上就听这马老板在神侃了，看到好的景叫他停也不停，还说："这景有啥好的？好的景在西面，三十多里地有个庙……"我一听就火了，到底谁是老板！对他道："不是说好了叫你停你就停的吗？"可他道："这么停来停去，明晚就赶不到米脂啦，这人倒没啥，这马要是吃不上草料第二天可就跑不动了。"

得！还是他在理儿。我们只好听命于他。第二天，我和"小洋马"早早起来等他喂饱了马、饮足了水，这才不慌不忙地上了路。我知道在他眼里，我和"小洋马"两条人命都不如他那匹马值钱，尽管还是匹老马。

干脆，我和"小洋马"就在车上傻乎乎地听他神侃，他把肚子里知道的事儿全倒出来了。无意中他提到了中国十大贫困县之一的佳县，离米脂县城就五六十里地，坐落在黄河边上，最绝的是有一座香炉寺，建在黄河边上，那叫一个绝。我一听到黄河，耳畔立马响起壶口的轰鸣声，浑身的血管立刻膨胀起来，恨不能插翅飞到佳县，可嘴里不能说，因为看他那架势，就像是咱的爷。于是我想了一个办法，包管叫他服软。

到了米脂天已擦黑，照例来到一家小酒馆，我一看黑板，也就五六样炒菜，对掌柜的手一挥道："全要了，再来两瓶老白干，要65度的。"一下子，我们这张桌子就被十多位当地的男孩子给围上了，我们好像成了被围观的猴儿。等马老板喂上了马，进门嗓门儿最大的就是他。他提着马鞭叫掌柜的菜量一定要足，别缺了分量，还特意不放心地到锅台旁转了一圈。坐下后，我对他道："来来来，今天跑了一天，你也够累的了，我们好好喝一顿。"没想到马老板一屁股坐下道："好啊！可按咱们这儿的规矩，一气儿可得喝五盅。"我一看桌上那小酒盅还没牛眼大，就说："不，十盅为一巡。掌柜的，拿十只小酒盅来，我先干为敬！"马老板当仁不让地道："好！"此刻，四周围观的人群又都上前了一步。我们仨每人十盅，我先敬马老板，三巡过后"小洋马"认输退出。一瓶见底后，我又打开了第二瓶，马老板开始拼命吃菜。我说不急，慢慢来。这时我已看出马老板不行了，但还在硬撑，因为速度明显放慢了。当第二瓶喝到一半，马老板的头终于倒在桌上告饶了："不行了，不行了。"我又十盅下肚道："这一巡你非得下去不可，我已经下去了。"他头也不抬："不行了，实在不行了，老哥！"我道："叫我啥？"他道："老哥！"我道："不行，我饶不了你，再叫个好听的再饶你！"他只好道："爷！饶了我吧。""轰！"围观的人群终于发出了满足的笑声。我就对他道："听着，明天一早奔佳县，五点起床，喂好马，到了佳县我另加钱，听清楚没有？"他道："爷，听清楚了，明儿五点套马，走佳县，钱不敢要了，爷！"

摄影人都知道要早起。果然第二天一早，我和"小洋马"五点起床，马老板早已毕恭毕敬地持着马鞭站在门口了。我问："马套了吗？"他头都不敢抬道："套好了。"说着，进门帮我们搬上行李就出发了。车出米脂，天还没亮，一个婆姨没见着。我问："米脂的婆姨真漂亮吗？"他道："就皮肤白，家家磨豆腐，从小吃豆腐长大能不白吗？"这一路上，果然我们叫停车就停车，马老板一句闲话都没有，毕恭毕敬地持鞭站在马车旁。到了佳县城里，找到一家招待所，登记后，他帮我们把行李搬到房间。道别时我塞给他五十块钱，他死活不肯要，说这一路一百块就足够了。我把钱硬塞进他衣兜里道："这钱是犒劳你那匹老马的，回家去每天两斤鸡蛋半斤红糖喂它，连喂三天准保长膘。"马老板千恩万谢地走了，我们反倒感觉一下子冷清了不少。

香炉寺就在佳县城东不远处，我和"小洋马"步行来到城东尽头，哇，眼前那个场面简直激奋人心啊：远处天地混为一体，黄河三面环绕，莽莽向南奔去，脚下河滩上兀突升起一座巨石，千年黄河的巨浪非但没有将其推倒，反而被它高高在上、犹如魂魄般俯视。巨石上建一座小屋，简直就是画龙点睛之作。小屋三面环视黄河，视野宏大，仅西北面以一狭径与县城古城门相通。这番景色哪是人工造就？分明鬼斧神工，似有神助啊！我急忙掏出勃朗尼卡，换上40厘米超广。经仔细分析：天色阴沉，没有阳光，色彩几乎为黄灰单一色，彩色片表现乏力，而黑白片正是大显身手的时候。于是我换了上海黑白胶卷后背，再加上中黄滤色片略微增加一些反差。当我从后背抽掉挡板按下第一次快门时，我的心跳依然是激烈的。因为这景色太绝、太美、太不可思议了。

整整一个上午，我从左到右、从上到下，不断改变角度、不断按动快门。当我再认真审视脚下，没有发现任何摄影师残留的胶卷盒时，我想我拍到的一定是最原生态的香炉寺，因为没有任何现代文明的污染。旁边有一块石碑，碑上铭刻，它建于明万历四十二年（1614），我想当初建成也就这样。这简直就是一幅绝妙的中国山水画呀！我在浙江博物馆文物库房跟沙孟海老先生学习字画鉴定时，见过不少馆藏的历代山水珍品、神品，如此大胆分朱布白、如此气势磅礴、如此凌绝顶的，我尚未见过。我想，史上那么多文人墨客，甚至包括徐霞客都没有来过这里，摄影师就更别说了，所以这个景致、这个画面对我来说是如此新异。何也？也许这里太遥远、太闭塞、太偏僻、太贫困了吧。回想起马老板说的，到了冬天，穷人全家都猫在炕上，因为只有一条棉裤，谁出门谁穿，指的就是这里——佳县。

来到佳县，我有个非常奇怪的感觉，好像这里的一草一木、一山一水都和我的血脉是相连的，那样的亲切，那样的熟悉，好像我前世就在这里生活。虽说这里的穷是我从未见过的，但我鬼使神差想在这里多住几天。整个佳县就一条老街，没有一座新房，县委招待所晚上经常没电，要点蜡烛。街上没有一家像样的饭店，只有几家卖火烧、窝头、煎饼和担担面的店铺，路边有两个露天的专卖熟牛羊肉和杂碎的熟食铺。街上百姓和干部从衣着上一眼就能分辨出来，干部衣着基本没有补丁，而百姓身上穿的几乎都有补丁。每天白天我和"小洋马"怀里揣俩馍、一壶水，背上器材就走，没有目标。晚上回来，到供销社买一瓶老白干，到街上切半斤牛杂碎，坐到店铺里再要两碗担担面，两人慢慢地喝。第一晚就有一位戴眼镜的、身上满是补丁的当地人端

佳县香炉寺雄姿

香炉寺侧面

着一碗酒凑了过来："你们是外地来的吧？"他两眼直勾勾地盯着我们桌上的那盘牛杂碎。我抓过一双筷子摆在他面前道："是啊！请坐，请用。"原来他是隔壁开拖拉机维修店的老板，"文革"前是佳县中学的教师，因为"文革"中吃尽了苦头，才离开学校当起了老板。他好像喝多了，我问他佳县最穷的地方在哪？他神秘地说："乌镇啊，那个地方穷得连骡子都不拉屎的。"

我眼睛一亮，去乌镇！

从佳县到乌镇

乌镇离佳县三十多公里，长途车要走半天，沿途要停好几个站。有时候一停就没个准头，驾驶员不知跑哪去了，回来大包小包的，好像是在搞贩运。到了乌镇，居然没有招待所或旅馆，只有一个马号。

我和"小洋马"进去一看，傻眼了：这哪是人住的地方啊？脏得不得了，一条炕通到底，炕席有好几个脸盆大小的破洞，一堆黑乎乎的东西分不清是棉絮还是被面，也不知道多少年没洗、没晒了。"小洋马"想打退堂鼓回县城，可是一问长途班车没了，只能在马号过夜。马号由一位老头掌管并负责烧炕，每人收五毛钱。他睡热炕头，我和"小洋马"挑了最里头两个铺。我还用我们俩的旅行包、摄影包和他们隔开，也就心理上图个安慰罢了。临睡前我忽然感到又回到了黑龙江，火炕必有虱子。对付虱子和跳蚤我是很有经验的，就是必须全身脱光、赤条条的，跳蚤和虱子才无法沾身。衣服裤子还必须捆起来吊在房梁上，才可放心大睡。可"小洋马"害臊不肯脱，和衣而坐，说只在炕上打个盹儿将就一夜得了。我觉得住马号肯定是我这一生中仅有的一次，必须记录，于是伸开三脚架，装上勃朗尼卡，B门长时间曝光，拍了一张照片。

第二天天还没亮，"小洋马"就被虱子跳蚤咬得浑身乱挠。我穿衣服他紧着脱，当他赤条条地站在我面前时，那腰上、屁股上、大腿上全是一溜一溜的大红包。我说："这革命的跳蚤虱子总算饱餐了一顿南方的美味啊！"咋办？等医务室开门买了两支敌敌畏，洒在内衣内裤里再穿上呗。幸好我们起得早，大约五点钟，呼啦进来十几个人，大包小包往地上一扔，横七竖八地倒头就睡，烧炕的老头也只好起床给他们腾地方。他告诉我，这帮人是从西安坐夜车赶过来卖旧衣服的。当地人好睡懒觉，早上七八点了镇上还是冷冷清清的。忽然看到一辆载人的拖拉机停在一户人家门口，车上坐着一位穿白大褂的人，我上前一问才知道是县农科所的，下乡给农户家养的黄牛植牛黄。我问他去的地方远吗？他问明我们的来意道："不远，就前面那个村，七八里地吧。"我们要求同往采访，并给他看了我的会员证。他惊奇地道："呀，中央来的？咋不找县委呢？好吃好喝不说，起码得派个副县长开小车送你们哪？"我说："不麻烦他们，他们忙，还是自个儿跑自由。"他说："那上车吧！"等到那家门口又出来一位穿白大褂的女的，拖拉机才开动，原来他们昨晚住这儿。

这哪是村庄啊？没有一幢房子，家家户户全住在窑洞里，一切都是那么的原始，漫山遍野除了石头还是石头，连棵像样的树都没有。等"白大褂"摆好了做手术的桌子、器械后，有两头黄牛被牵了过来，它们瘦得只剩下骨头。等大伙把它俩按倒，"白大褂"上去动了十几分钟手术后，大伙一撒手，那牛一个翻身撒开蹄子就跑了。"白大褂"告诉我，植牛黄是县里脱贫的一项政策，就是在牛的胆囊里植入一个颗粒。一般是两年后便可以取出来，年份越长长得越大，这就是名贵中药——牛黄。一头牛的年收入可以达到百元或几百元不等，医药公

马号炕上黑色的人造革摄影包里装的是我心爱的勃朗尼卡相机，旁边是我的军用水壶和"小洋马"的摄影包、行李等

司按质按量收购。我说："那等于让牛患上胆结石啦？""白大褂"道："可以这么说，所以许多农户舍不得，还得慢慢做工作，其实这是很划算的，没有一点成本，植入数量合理，对牛没有大的伤害，而且几年后取出来就康复了。"

村里没有食铺，公家来人都是被派到农户家里和他们共餐，这是我巴不得的。过了一会儿，"白大褂"带着村支书和村主任来领我们去他们家吃午饭。村支书领了我，村主任领了"小洋马"。"白大褂"他们是自带干粮，我后悔没带白馍，可乌镇也没处买呀。我喜欢派饭，但如果有了白馍就可以和他们交换吃啊，我知道这里乡亲们吃的都是

赶集的老汉

玉米窝头。在高低不平的山间小道上书记对我说,一家只能派一个,派两个负担太重。来到书记家我傻眼了,破窑洞里居然没有一件像样的木制家具,地上只有两口巨大的石板做的箱柜和几口装粮食的大缸。炕上几床棉被都是粗布做的。唯一的木制家具就是炕上那张矮腿四方炕桌,一家人盘腿围坐。我跟书记一样,脱鞋上炕,盘腿。大娘先是端上来一个大粗瓦盆,里面是小米汤,照得人影清清楚楚。第二大盆是玉米窝头,第三个是很小一只碗,里头黑乎乎的许多颗粒状的东西。书记忙解释:"这是盐巴,早知道你要来,玉米面里该掺点黄豆粉,再弄俩菜。"我说:"那不就见外啦?"大娘盘腿坐下后,拿个葫芦瓢在米汤底下捞半天先给我盛了一大碗,然后抓起一个窝头递给我,我忙接住。然后全家都呼噜呼噜地喝开了,我看他们从小碗里搓

乌镇早市上从西安贩过来的旧衣物

几粒盐巴放小米汤里，我也学样，可一喝，咸味儿还没苦味儿重。咬一口玉米窝头，哇！酸倒了牙，这一定是去年或前年的陈玉米。我硬着头皮喝光了一碗小米汤，吃下一个玉米窝头，再也吃不下了，因为我胃不好。书记看出来道："吃不惯吧？"我说："还行。"我实在憋不住了就问："你们这难道就没有扶贫款拨下来吗？"书记道："拨到乡里就让乡干部的亲属给分了，他们直接就住到县城里，把救济款吃完喝完用完回来，再等第二年换一家亲属再去城里花。我们跟他们沾不上亲，连块骨头都见不到的。"我说："按照毛主席三大纪律八项注意，我吃饭得付钱。"书记道："你这是骂我呢，这才几分钱？"坚决不收，好像钱会吃人。不得已，我只好把我摄影包里那半包没菜

"白大褂"在给黄牛种牛黄

村里派饭到户途中所见

"小洋马"在村主任家派过午餐后，在窑洞门口给村主任女儿拍照

下酒时才享用的香肠拿出来送给大娘，告诉她晚上放锅里和玉米窝头一块儿蒸了当菜吃。大娘竟然没见过这种东西，问道："这啥玩意儿？有骨头吗？"

　　吃完后，书记带我上村主任家。"小洋马"盘腿坐在炕上，和村主任一家人眉飞色舞吃得正欢，原来村主任有个十七八岁的大姑娘。更重要的是，村主任炕桌上的饭菜要比我们的丰盛多了，除了小米汤和玉米窝头外，还有地瓜和咸菜疙瘩。要知道这咸菜疙瘩可是下饭的好东西啊，我站在一旁直咽口水，恨不能上去抓起两块地瓜和一块咸菜疙瘩就啃。饭后，"小洋马"提议既然他们不肯收钱，那就给他们拍几张照片。村主任女儿高兴地跑到窑洞外招呼她的小姐妹去了。我说，记下她家地址，回杭州别忘了把照片给人家寄来。在回佳县的拖拉机上，"白大褂"告诉我，这里的大姑娘读到小学四年级就辍学了，把自己打扮得漂漂亮亮的，等待媒婆上门，而彩礼则是当地农户一项非常重要的收入。

回到佳县，我到文化馆查询，得知佳县境内不少地方有新石器时代遗址。秦惠文王八年（公元前330），秦打败赵国，此地成为秦国上郡所辖。也就是说，这里至少有两千多年的文明史。我简直想象不出这里的祖先还会比现在穷到哪儿去，再怎么个穷法？或许，这里的人祖祖辈辈就信奉这样极简的、质朴的、不屑非自己劳动所得的物质和金钱的传统？他们并不以为这是穷，这是祖训，是家规，是千百年延

乌镇早市

乌镇附近村庄的破旧窑洞

乌镇附近村里的农妇

乌镇上排队购票观看港台武打录像片的人们，每张票一元

续下来的生态文化。后来是外来人把穷的理念硬强加给了他们，非要改变他们，从而把这里的生态文化给破坏了？

实在不忍离开佳县，又住了几天，又去了黄河边，又去了乌镇，又买了老白干，又切了牛杂碎，又来到那家卖担担面的店铺……

向西向西

我和"小洋马"依依不舍地离开了佳县。告别了黄河后，我们把目标锁定在甘肃和宁夏。于是向西，首先到达榆林。

榆林虽然是一个不小的城市，但几乎没有楼房，加上已是深秋季节，树叶也都落尽，感觉有几分荒凉。只待了一天，也没拍到什么。第二天一早就去长途车站买了去靖边的车票。下了车一看，更加荒凉。不行，再往西，来到定边，几乎跟靖边一样，气温也急剧下降，西北风一个劲地往脖子里、袖子里、裤管里钻。我们已经把所有的衣裤都穿上还是有点扛不住。

"小洋马"打退堂鼓了，拼命地嚷：南下、南下！可我不死心，偏不信这边关要塞硬是没啥好景可拍？于是就跟他商量：再往西走一站，到盐池。可车到盐池居然飘起了雪花，天阴沉沉的。结果连车站都没出，直接买了南下到咸阳的通票。从盐池出发，一路都是荒凉的盐碱地，大片大片望不到边的土地，寸草不长，一片片白花花的分不清是积雪还是盐碱，人烟稀少。我的心就像那天空一样灰蒙蒙的，心想我们俩的陕甘宁采风也就差不多该画上句号了，再也拍不到好片子了。盘点下来，壶口那几张肯定没戏，在佳县也就香炉峰有点意思，其他再就人物有点特点。关键是胶卷消耗才刚刚过半，还有整整两盒十卷柯达120专业彩色负片没照完。我后悔拍得太抠，为什么不多拍一些。

在车上一直半睡半醒，这天傍晚车开到一个叫甜水堡的地方过夜，司机告知，明早七点整准时发车，我和"小洋马"扛着摄影器材和旅行袋跟着人群来到车站旅店。等安排好房间，到车站食堂每人吃了一碗面条出来，整个镇上已经漆黑一片，想起口袋里还装着在榆林就已经写好并贴了邮票、还未找到邮局寄出的家信，老婆肯定要挂念了，可又有什么办法呢。回到旅馆翻开地图，才知道这个叫甜水堡的地方地处宁夏和甘肃交界处。临睡前照例每人一个脸盆、一壶热水、一块自己的毛巾，从上到下擦了几把后，赶紧钻进又硬又冷又沉的被窝。

垄中水贵如油

卖水果的爷孙俩

垄原奇景

　　第二天一大早，背上所有行李，到食堂买了几张大饼上了车。七点过后，长途车载着满满一车人从甜水堡出发了。整个天灰蒙蒙的，很快车就上了山岗，在山顶盘旋着，车窗外一片灰白，能见度极低。

　　正在迷迷糊糊之际，突然，一道金光从车窗外掠过，我急忙睁大眼睛向窗外望去，只见不远处一座黄土高坡被破晓的晨光披上了一层耀眼的金光，我情不自禁"哇"地叫喊起来："停车！快停车！"车刚停下，我跟"小洋马"就抓起摄影包和三脚架冲下去。在公路边的一个小土坡上架起"勃朗尼卡"，咔、咔、咔一阵猛拍……一卷柯达120专业彩色胶卷迅速被"谋杀"。正待换卷，只见"小洋马"还在往他那台玛米亚120双镜头反光相机里填上海黑白卷，我立马掏出一卷柯达120专业彩色负片递过去，道："快换彩卷，黑白管屁用。""小洋马"从未拍过专业彩色片，接过彩卷竟然放进口袋道："这么好的彩卷留给老婆拍去。"足见他想老婆到了何等程度。

　　半小时过去了，车还停在旁边丝毫未动，满车的人竟然一句怨言都没有。我冲过去对司机大声喊："你们走吧！"司机说："不急，拍吧！我们等，今天就这么一班车，你们不走就得等到明天这时候了，这里又没招待所。"我说："你们走吧！让那么多人等我俩多不好意思，我们还早着呢。"

　　在我俩的再三催促下，长途班车终于开走了，山顶上只剩下我和"小洋马"。突然的寂静，使我感到从未有过的孤独。拍完这一边，我们又跑到公路的另一边。这边朝西，洁白的雪山奇景让我再次震惊！这简直就如银色的天堂一般。我镇定下来对"小洋马"说："一定要有人陪衬！可是上哪儿去找人呢？"正在发愁，只见公路下面走过一个

垄原冬色

妞妞吃大碗

人影。我们赶紧走下公路去，看到一户窑洞人家。严格地讲是一眼快
塌的窑洞，刚走过的小伙子就是这家的。我们上去问："小伙子，你
们家有羊吗？"他说："有！两只。"我说："两只太少，能不能多
赶几只？我们要拍照。"他说："那得一家一家去赶。"我说："好！"
看他有点迟疑，我忙说："我们给钱，劳务费！五块钱！"他不答话，
跑进窑洞里。不一会儿，一位大娘出来对我们说："同志！我们不收
钱！"我说："应该的。劳动所得嘛！"她说："这点事不算什么劳动。"
她死活不肯收。我灵机一动说："这样吧，我们俩还没吃早饭，就在
你们家吃吧，你们吃啥我们吃啥，这五块钱就算是饭钱。吃饭要付钱
可是老八路的老传统啊！""啊呀呀！哪要五块钱，几分钱的事，太多了，

旁听的孩子

垄上牧羊人

128

不敢要的。""我们要赶时间，这就先去拍，回头再回来吃吧！"

那小伙先把自家的两只羊赶出来，再一家一家去赶。我和"小洋马"赶到山坡上架起了"勃朗尼卡"。大约过了一个小时，羊赶来了，大约十来只。我们的相机又"咔、咔、咔"地响起……我感到爽极了。收工大约是十点，回到窑洞，哇！两大碗手擀面条，每碗上面两只黄澄澄的鸡蛋，好几天没吃到如此美食了，仿佛回到了家一样……

吃完面付钱，大娘只肯收一块钱，我们也没办法。出了窑洞，见到一位四五岁的小女孩正捧着一只海碗吃饭。我上去一看是玉米糊，于是急忙掏出相机为她拍了一张。我问大娘："这是你的闺女？""是啊，要是你喜欢，就把她带走吧！"我不知怎么，心里"咯噔"一下。抬头望望那快塌了的窑洞门，木门框上钉着一块早已褪了色的"光荣军属"红牌，不知该说啥才好……我们告辞了，大娘一直送我们上了公路，就像送亲人一样："下回再来啊，大娘再给你们擀面条吃！""好的，下次再来！"我的双眼已经湿润了……

重庆遇险

走上公路，照例拦车。没想到还真让我们拦下一辆重庆长途运输公司的大货车，空车，就一位年轻驾驶员。他看了我的中摄协会员证后，十分爽快地道："上车吧，我到重庆，你们去哪？"我急忙道："跟你上重庆。"驾驶室里正好坐下我们两人，驾驶员帮我们把摄影包、旅行袋、三脚架统统塞到座位底下。一路南下，简直是爽极了，不但弥补了我们从盐池到咸阳的车钱，还省下了从咸阳到重庆的路费。不知怎么，在地图上一看到重庆，就感到离家很近了，归心似箭啊！

日夜兼程，到重庆已是第三天下午。告别了那好心的年轻驾驶员，我和"小洋马"直奔火车站。在车站附近一家小旅馆登记开房，放下行李后，立马奔火车站买第二天的车票，打算今晚好好休息，第二天返程到上海。哪想到火车站售票大厅人山人海，所有窗口均挤满了人。正傻眼之际，我看到最边上有个窗口没人，窗口上写着：军人、记者专售。我急忙挤进去，掏出中摄协会员证递进去道："明天去上海的快车票两张。"售票员认真翻看了我的会员证道："卧铺、硬座都没有了，只有站票去不去？""去！有票就行。""小洋马"比我还急。

拿到了车票，一下子轻松了许多。"走！饿了那么多天了，今晚找个酒店好好喝一顿。"我说。"就是，就是！""小洋马"也是饥饿难耐了。那时我们俩是"公有制"，两人的钱全由他一人掌管，我也不问。不知不觉我们走进了火锅一条街，已是掌灯时分。只见狭小

羊和娃

的街道两边火锅店一家挨着一家，一眼望不到尽头。每家店门口均有打扮得很艳丽的女招待直接到街上来拉客，喇叭裤、蛤蟆镜、烫发、红唇……街上人头簇拥，但张望的多，进去的少。我们俩好不容易挣脱了这位，又被那位扯住不放。"算算算，跟她俩进去算了，反正到处都是拉客的。""小洋马"迫不及待地道。于是，我们就被两位女招待拉进了她们的店。店堂不大，就三四张八仙桌，每张桌四条长凳，桌中央是一口镶嵌在桌面下的火锅，桌旁就是一个大煤气罐。女招待好眼力，一眼就看出我不掌财权，一个劲儿往"小洋马"身边凑，拿着菜单劝"小洋马"应该点这个、点那个。"小洋马"偶尔瞪大眼睛道："这个不要！太贵！"那女招待立马把身子凑过去："嗯！要么，我要吃的么！"坏了，看样子要喝花酒了。我知道这时想退是退不出去的了，再看看"小洋马"那通红的、未喝先醉的眼神，心想：随缘吧，今晚肯定有好戏看了。

等火锅烧沸，锅盖揭开，哇！通红的汤水在翻滚。"这么红？色素吧？"我问。"辣椒油啦！"这位女招待不屑地道。说着，另一位女招待端着一个大盘子过来，红红的往锅里一撒，"哗……"油锅立马翻滚起来。"这又是什么？""小洋马"瞪大了眼睛。"干辣椒！"那位女招待说着便把盘里的东西一股脑儿倒进锅里盖上锅盖，究竟倒进些啥也闹不清。两位女招待一对一，紧贴着我和"小洋马"一屁股坐下。"小洋马"身边那位熟练地打开刚点的泸州老窖，"哗哗"地满上了四杯。"小洋马"说："来来来！今天这第一杯酒先敬我的王大哥，临来时我哥'大洋马'就对我说了：你的任务就是保护好、照顾好王大哥。这趟不虚此行，你拍了不少好片子，我纯粹就是陪你的。来！这杯先祝你创作丰收！你们都来敬我王大哥，他可是我们杭州市摄影家协会的……""少废话，干！"我一饮而尽。那两位还真不含糊，

垄中汉

脖子一仰全下去了。我身边这位手脚也够利索的，从锅里夹出一块不知道啥玩意就往我嘴里送。"啥玩意儿？"我问。"放心！这是凤胆，龙心早被我吃啦。"我张嘴一口嚼下，顿时满嘴全麻了，一股强烈的辣味直冲脑门，在女人面前我只有强忍住往下咽。"来，这第二杯我们姐妹俩敬两位杭州来的好汉！"对面那位显然比我身边这位能干。"哗哗"满上四杯，她先举起了酒杯。麻劲、辣劲、酒劲一起冲上来，再加上刚从干旱贫瘠的土地一下子来到这花天酒地的天堂，我真有点把持不住了："换大杯！"我道。"好！换大杯，换大杯。"立马大杯拿来满上，我又一饮而尽。"一瓶光了，再来一瓶，今天不醉不归，我们姐妹俩扶你们回旅馆。"又是几杯下肚，我感到嘴唇已经肿得很厚、口舌麻木得不听使唤了，白酒喝到嘴里就像矿泉水一样，只觉得冰凉的液体往食管里流。除了麻和辣，其他什么味道都没了。"小洋

定边一瞥

垄中代销店

马"这时有点来劲了,紧紧抓住他身边那位的手问道:"你叫什么名字?""我叫杜娟,她叫山花。"看来"小洋马"还真没经历过江湖,这花酒桌上哪有一句真话?"你今年多大?""小洋马"又痴痴地问。"十八,我姐比我大三个月。"我真想告诉"小洋马",你若明年再来,她还十八……突然,杜娟按住胸口"啊,啊,啊"地喊起来,一头栽到"小洋马"怀里。"小洋马"慌了忙问:"怎么啦?""我心口痛,不要紧,吃止痛药就好了,哥快给我钱,我去买止痛药啊。""要多少钱?""十块。""那么多?""哎呀,多买点啦,那么小气。""小洋马"没办法,只好掏出十块钱给她,她立马起身,消失在门口。我身边这位山花也开始了:"大哥,等喝完酒我陪你去看录像,通宵的,有双人包厢的,就咱俩……""我从不看那玩意儿,喝完酒睡觉。"

我大吼一声，山花不吱声了。不一会儿，杜娟活蹦乱跳回来了，又一腚坐在"小洋马"身边，双手搂住"小洋马"来回摇晃着。"小洋马"问："买的药呢？给我看看。""哎呀，吃到肚子里了，不信你摸。"说着拉起"小洋马"的手一边往自己衣服里面伸，一边道："要不我带你到山上去看重庆的夜景，可好看啦……""好啦！算账！"我实在看不下去，站起身喝尽最后一碗酒大声道。山花立马拉下脸，跑去柜台，不一会儿拿着一张账单过来大声道："总共三百六十八块！""小洋马"这才大梦初醒："这么贵？这不是斩客吗？""什么斩客？你们吃的可是龙心、凤胆！"杜鹃这时也毫不含糊地站了起来。"不付，叫你们经理来！""小洋马"也站起身来。"是谁那么不讲规矩啊？"没想到从楼上走下来一位人高马大、面色红黑的壮汉，还特意露着整个右臂，油光粗黑，肌肉横生。我一看要动武，立马把条凳翻个身，两条腿抓在手里，然后四脚朝天重重地放在桌上道："两条腿四条腿任你选！"他哪里知道，我可是海灯法师徒弟妖怪的徒弟。那黑大汉不知深浅，一步冲到我面前。没想到"小洋马"一把拦住他，说了一句谁也听不懂的话，那黑汉立马双手抱拳，也跟"小洋马"说了一句谁都听不懂的话。"小洋马"对我说："大哥，我一眼就看出他是藏胞，我在西藏待了三年，我们刚才讲的都是藏语。行了，我们这顿又白吃了，他说他请了。"没想到关键时刻"小洋马"还派上大用场了呢，我以为今天非要惊动当地派出所不可。回到旅馆酒全醒了，正准备洗洗睡觉，突然有人敲门，开门一看，又是那位黑大汉和另一位白净的汉人。他俩提着酒和几大包卤菜。那汉人自称是那家火锅店的老板，抱歉地说："来来来，今天的事是我有眼无珠，冒犯了二位，特备点酒菜前来赔罪，还请二位赏脸。"得，再喝！一直喝到天旋地转……

　　在开往上海的火车过道里，"小洋马"坐在旅行袋上告诉我，他所在的浙江四建公司曾援藏建西藏体育馆整整三年，招的民工基本都是当地人。他因此不但学会了简单的藏语，而且跟他们混得很不错。他说昨晚那个黑大汉其实是康巴人。

遗憾甜水

回到杭州后，我把两个采风小组的片子汇总选出一组，又费了九牛二虎之力拉来五百元企业赞助款，在西子湖畔湖滨画廊办了一个《大西北采风记》摄影作品展览。因为这是杭州市摄影家协会第一次组团去大西北采风创作，历史上还没有先行者，所以杭州市民绝大多数还没见识过大西北究竟是啥样，因此特别受市民关注，又上报纸又上电视的，很是热闹了一阵。

后来，参加这次大西北采风的会员的作品在全国各大摄影比赛中频频获奖，潘杰的一组黑白风光作品还登上了《中国摄影》杂志。我获的奖也不少，拿奖金最高的是那幅在甜水堡拍摄的《垄原冬色》，1998年获"柯达杯丝绸之路摄影大奖赛"银牌奖，奖金人民币五千元。赴西安领奖，往返双飞，住五星级酒店。颁奖大会非常隆重，陕西省领导、省旅游局领导、美国柯达公司总裁等都来了。获奖者们站在领奖台上一边互相握手、祝贺，一边等待领导们挨个儿讲话。我这时才知道获奖者仅我一位是外省人，其他全是本省的。难怪豪华套间就住我一人。

主办方还组织我们在西安各景点旅游、创作。不知为什么，这种全包的旅游我一点都提不起精神来，因为不接地气。脑子里一直怀念那住在破窑洞里、送我们上路的大娘，若没有她儿子一户一户去赶出来的那群羊，若没有他一遍又一遍来回地赶，我能得奖吗？还有大娘那热气腾腾的鸡蛋手擀面、捧着海碗对我憨笑的妞妞，早已像刀一样

走亲家

铭刻在我心里。

　　是的，我应该立刻赶到甜水堡去找他们，奖金应该全给他们，可是老区人民对钱财的恐惧、对贫困的安逸，是任何人都体会不到的。恨只恨我不是自由人，无法想去哪就去哪。自由人多好，我会立马回到甜水堡，乘上早上七点那趟唯一的长途班车，在那山顶盘旋，看到那一束金光掠过，大喊一声"停车"；再到公路下找到那破窑洞，见到那位大娘，喊一声："娘！我回来啦，为了你那手擀面，我得在你家住几天。"然后找来最好的木匠，把窑洞门全拆了，重新造一个，要用最好的木料、最好看的花格窗、最好的绿油漆，因为当地缺绿色。再把那块"光荣军属"的牌子用红漆重新刷一遍。妞妞一定是大姑娘了，我要带她去甜水堡，不！干脆去咸阳，扯最好看的花布，给她量身定做几套漂亮衣服，然后带她去新华书店，买她最爱看的书⋯⋯

　　可是，"公家的事再小都是大事，个人的事再大都是小事"，我明白自己肩负着整个杭州市的摄影艺术事业的发展，岂能为一己私情而忘了公事呢？如今退休了，又有了车，真想开车去寻找当年的梦。可我知道一切都将是徒劳的，因为首先那窑洞肯定不在了，2006 年我们单位组织过一次延安行，那里全都已经建了楼房，除了旅游景点和革命遗址还保留着，窑洞居住已成历史；其次窑洞肯定没人住了，大娘在不在还难说，姐姐肯定是不在了，多半进城打工，或许也早嫁人了⋯⋯历史，是无法返回的。在人生的若干节点上，你若把握得好，会有丰厚的回报；你若把握得不好，会有终身的遗憾。而甜水堡在我此生中，把握得不算很好，只能是回报和遗憾各占一半吧！不，遗憾还是要多于回报的，叹叹！

师
与
友

我跟沙孟老的摄影缘

1976 年父亲退休后，我"顶替"他进浙江省博物馆工作，被分配在远离西子湖畔馆部的文物库房里，跟沙孟海先生学字画鉴定。

当时的省博物馆文物库房设在浙江省委党校里，占着整整一幢两层楼。楼上堆满两大屋子"文革"时期查抄来的文物，都是名人字画、瓷器等，需经沙老等专家鉴定、分出等级后进入馆藏。库房当时也就四五个人。我那时刚结束了"广阔天地"的生涯，对政治不怎么敏感，完全是出于对一位七十六岁高龄老人的尊敬，每天到远离库房的公共汽车站去接他。遇到下雪天，我都要早起，提前用扫帚扫干净路上的积雪，以便扶他老人家来上班。

沙老是历经沧桑的人。民国时期，蒋介石对沙老十分敬重，时有往来。蒋离开大陆前，曾专门召见沙老和陈布雷的哥哥陈训慈，谈了半天的话，这成了沙老的"历史问题"。因此，他长期被"内控"，多次受审查。审查人员让他交代都谈了些什么，布置了什么"任务"。沙老每次交代都一样：蒋只是与他拉家常，没谈什么国事。1980 年，我被调到省博物馆落实政策小组，第一批落实政策对象中就有沙老。

1982 年，沙老在上海锦江饭店。王秋杭摄，并用银盐相纸制作，是收藏级签名限量版

为了澄清强加在沙老档案里的一切不实之词，我和组长无数次跑省文化厅、省委宣传部甚至省公安厅，最终如愿以偿。沙老在"文革"中受过不少苦，平日沉默寡言，上班不是看书就是写字，极少闲聊。有相当一段时间，沙老对我的存在并不在意，在他眼中我就像个陌生人一样。

我从"文革"初期就喜欢上了摄影。无论在黑龙江生产建设兵团，还是在浙江农村插队，"海鸥"4B 相机从没离开过我的身边。到了文物库房，还是离不开它。那时候文物库房没有摄影设备，也没有复印机，我们抄卡片都是将文物"依葫芦画瓢"画在卡片上的。老先生把摄影看得挺神秘，看我摆弄照相机，老问这问那的。有一天，沙老心情特别好，对我说："秋杭，你写几个毛笔字给我看看。"我说："那不是'关公面前耍大刀'吗？"沙老笑着说："别这么说。你会照相，

1982年，沙老出任西泠印社社长，在西泠印社汉三老石屋前挥毫

我就不会，人各有长。你我二人还是兄弟相称吧！"我知道沙老在摄影方面有求于我，便欣然领受。见我们走得很近，馆里有人出于对我的"爱护"，说沙老是戴着"帽"的，还是保持距离为好，弄不好要影响政治前途。可我自认为政治前途本就没什么戏，所以一直和沙老保持亲密的关系，还常去他家。沙师母对我也很喜欢，每次去，她都不让我抽自己的"西湖"烟，而是拿出她的"红牡丹"和我对抽，常叫我讲些社会上的新闻给她听。因为她是小脚，出不了门的。每次我要走，沙师母都要再三留我多坐会儿。

由左至右依次为朱屺瞻、王个簃、谢稚柳、程十发、沙孟海。摄于 1979 年

　　1979 年，西泠印社恢复雅集笔会活动。沙老闻讯后很激动，吩咐我带上相机跟他一块儿去。那时候"文革"刚结束，这些刚摘帽或还没有摘帽的"臭老九"没有人为他们拍摄肖像。到了现场，沙老向我一一介绍：启功、谢稚柳、钱君匋、陈佩秋、方介堪、王个簃、朱屺瞻、许钦文、朱复戡、诸乐三、程十发、方去疾、高式熊……我就一位一位地为他们拍照。拍完后回来冲洗，还要完成沙老每人要放大两张的

由左至右依次为单晓天、方去疾、朱复戡、高式熊。摄于 1979 年

要求。那时候做这些事完全自费，我的月工资才三十多元，除了吃饭剩不下多少钱。沙老接过照片，再三感谢。

　　尽管有"海内榜书，沙翁第一"的美誉，但很少有人知道书法只不过是沙老的业余爱好，他的正业是研究金石、碑帖。他三十岁时写下《谈秦印》而一举成名。正是因为他对金石、碑帖的深厚研究，才造就书法大字独步天下的地位。即便是受迫害时写的大字报，到不了

诸乐三和朱复戡（右）。摄于 1979 年

第二天，当晚就会失踪。我最看不惯那些以种种名义让沙老写这写那的人，而沙老对谁都是有求必应。可以说从博物馆到文物局，再到文化厅，基本上至领导，下至传达室，每一位工作人员都藏有沙老的手迹。我好酒，不少同学和朋友知道我和沙老的关系，都向我求其墨宝。我开出的"账单"是：一桌不少于四菜一汤的酒席。那年头我口福可真不浅。进库房工作大约三年后的一天，天下着雨，我照例打着伞接沙老上班。沙老和我肩并肩走在通往库房的小路上，他突然问我："秋杭，你怎么不向我要字呢？"我说："不好意思嘛！"沙老说："你这话就见外了！今天下午到我家来。"沙老每天十一点半下班，下午在家

程十发和谢稚柳（右）。摄于 1979 年

钱镜塘和程十发（右）。摄于 1979 年

沙老提议跟我合影一张

1982年，沙老去上海治病。组织上派浙江省书法家协会主席朱关田（左一）护送，沙老点名要我（右一）一同前往。浙江省博物馆副馆长汪济英（左三）为我们送行

休息。这天下班时，他特别对我说："下午三点我在家等你。"我如约到了沙老家，沙老亲自裁下他自藏的五尺夹宣，提起斗笔，为我写下了"莺歌燕舞"四个斗大的字，并对我说："你结婚告诉我，再送你一幅中堂。"我知道，这是沙老对挚友的最重礼物。

因为我没有大专文凭，1982年落实政策结束后，回不了库房，馆领导让我去搞基建，造新文物库房。临别时，沙老对我说："林副馆长征求过我的意见，我同意的。文物库房第一要紧，你去我放心。"到了1982年底，基建刚上马，林副馆长把我叫去，笑着说："没想到沙老对你那么欣赏！"我说："怎么了？"他说："快办移交，陪沙老去上海看病。"我一听就急了："是什么病？"林副馆长说："是

谢稚柳现场挥毫。摄于 1979 年

膀胱结石，没什么大不了的。沙老点名要你陪同。"那时沙老已经
落实了政策，先后担任浙江省博物馆名誉馆长、西泠印社社长、浙
江大学历史系教授等，享受正厅级待遇。我和朱关田两人护送沙老
去上海。在浙江省博物馆大门口，汪济英副馆长为我们送行。沙老
问我："秋杭，相机带了吗？"我说："带了！""来，我们大家合
影一张。"我就用三脚架支起相机拍了一张四人的合影。沙老又跟
我说："我们俩也来合一张。"住进上海锦江饭店后，沙老先看望
了好友谢稚柳等，再去华山医院检查。医生建议保守治疗，不必开刀，

启功现场挥毫。摄于 1979 年

我们才放下心来。这期间，我又非常认真地为沙老拍摄了几张肖像，沙老非常配合我。

那时候最时髦的东西是四喇叭收录机，我在淮海路旧货店看到一台二手两喇叭的"飞利浦"收录机，黑乎乎的挺难看，标价四百元。我本来没打算买，可被告知随机奉送邓丽君原声磁带一盒，胃口一下子被吊了上来。不听还好，一试听立马乖乖地倾囊买下，飞快地奔回锦江饭店。沙老正在午睡，朱关田不知上哪逛街去了，我像上瘾一样迫不及待地蒙上棉被，悄悄打开录音机，把耳朵紧贴在喇叭上继续陶醉在邓丽君那缠绵的歌声里："弯弯的小河，青青的山冈，依偎着小村庄……""开响点儿，我也听听！"没想到沙老那浓重的宁波口音突然响起。我赶紧关掉，对沙老说："邓丽君是台湾歌星，大陆是禁播的。""这里又没有外人。"于是我又打开了。"在那里歌唱，在那里成长……"我们一老一少静静地躺在床上欣赏着，听了一遍又一遍。最后，沙老说："好东西是禁不住的。"

　　我结婚时，和爱人带了两包喜糖登门拜访沙老，并告诉他我们不办酒席，准备去北京旅行结婚。沙老忙说："好，好，好！不办酒席好，我答应送你们一幅中堂的。"说完，立马亲自动手铺纸、润笔，写好让我们带走。如今，这幅中堂和那幅"莺歌燕舞"书法作品，成了我家的镇宅之宝，客人见了赞不绝口。

陈佩秋现场挥毫。摄于 1979 年

钱君匋现场题词。摄于 1979 年

诸乐三现场挥毫。摄于 1982 年

沙老赠我的五尺墨宝

　　想起当年我跟沙老在西泠印社拍的那些大师们的底片，我决定用银盐相纸放大 20 英寸，在我的学生李小龙的专业黑白暗房里忙了几天几夜，终于完成。遗憾的是，1996 年毕业于杭州工艺美术学校的李小龙，别说西泠大师的模样从没见过，有些大师的名字都没有听说过……

　　和沙老相处的时候从没感觉到他是大师，只觉得他是位年长的学者。而现在把沙老的点滴小事汇集在一起时，一座丰碑便耸立在我的眼前……因为我觉得我的摄影能走到今天这一步，跟沙老的缘分是分不开的。想起沙老"大器晚成"的谆谆教诲，这些底片在四十多年后的今天才面世，真是感慨万千啊！

西湖磨砺铸友情

西湖之美，不仅仅是天然城市花园之美，更有那些历史上西子湖畔的美丽女子的传说和故事相伴而美上加美的。然而，这些美丽女子的传说和故事又都以悲剧终结，正所谓世上最美好的东西毁灭在人们面前所产生的心灵震撼才是无比强大的！西施、白素贞、祝英台、苏小小……她们无一不是艳丽出世而悲剧告终。西湖之名，正是因为有了这些美丽女子的悲惨结局，才深深震撼着人们的心灵，才能够越传越远、越传越久……

那是 1982 年的春天，阳光特别温暖，桃花特别艳丽，西湖苏堤上走来一位梳着两支小辫、挎着一台崭新的海鸥双镜头反光相机、胸前别着一枚"杭 01 摄影"标牌的年轻姑娘，如果你恰巧走过她的身边，她一定会很有礼貌地微笑着问你："请问，要照相吗？"她就是杭城第一名个体户——干静。

干静的父亲是归国华侨，高中毕业后她竟然因为"海外关系复杂"而找不到工作，在家待业整整两年。幸运的是，改革开放的春风吹进了杭城，新的政策鼓励城市待业青年自谋职业，一个崭新的

1982 年我在为干静拍照

职业——个体户，在全国媒体上出现。可杭州人也许特别胆小，居然没有人愿意从事这个没有任何保障的职业。劳动和工商部门开始走访待业青年家庭，动员和鼓励他们勇敢地跨出自谋职业的第一步。干静就是其中的一位。由于她爱好摄影并有一定基础，再加上对长期寄生生活的厌倦，于是她率先勇敢地跨出了这一步。为了杭城这非同小可的第一步，而且还是位女性，劳动和工商部门决定"扶上马，送一程"，给了干静非常优厚的待遇，她领到的营业执照编号为杭工商个字第 001 号，上面清楚地印着："行业：流动摄影；流动范围：苏堤，白堤。"税务部门还给予所有个体劳动者免税一年的特惠。

可当这朵被春风吹开的花蕾刚刚开始绽放的时候，意想不到的事情发生了：在出摊后没几天的一天上午，当干静照常路过西湖著名景

1982 年干静在西子湖畔

点"平湖秋月"时,几名彪悍蛮妇突然站出来挡住了她的去路。她们是"平湖秋月"景点国营照相馆的职工,二话没说,上前一把抢走了她的照相机,并吼道:"你怎么敢到这里来拍照?"干静急忙掏出她的营业执照,她们看了看一巴掌打落在地:"流动?谁让你流到这里来的?""你

1982年干静在西子湖畔

就是个女流氓！"一边说一边就上来推搡，试图把她从原路赶回去。

　　"平湖秋月"向来是热闹的去处，游客们见状一下子就围了上来。照相馆的职工们扯开嗓门对游客喊："她是个骗子，个体户靠不住，千万不要上当！""要照相请到我们国营照相馆来。"那个年代，个体户就是资本主义的观念在人们心目中尚根深蒂固。于是，有些游客的情绪一下被煽动起来，纷纷以国家、以社会主义的名义向干静这位体制的另类，动用了无产阶级最强硬的手段——暴力！推、拉、扯、打、揪头发，并伴随着"婊子！""破鞋！""骗子！"的漫骂……干静的照相机被拉出胶卷然后高高举起："看哪！她照相机里根本

1982 年干静在西子湖畔

就没有胶卷！""文革"中那种为了搞臭、搞垮一个人可以不择手段的伎俩，在 80 年代美丽的西子湖畔竟再度上演。干静被眼前莫名的污辱和暴力吓傻了，可她没有眼泪，没有哭泣，甚至连头都没有低下，弱小的她只是睁着一双大眼，忍受着从未受过的污辱和欺蹒……

事件终于惊动了劳动、工商等部门和媒体，当时的《经济生活报》以头版头条、半版篇幅刊登了题为"干静，我们支持你！"的文章，为她伸张了正义。第二天，干静身边出现了一位身高一米七六、肌肉强壮的男士，像守护神一样在她的身边形影不离。那个人就是我。

当时我在距"平湖秋月"不远的浙江省博物馆工作，因为酷爱摄影，

1982 年干静在西子湖畔平湖秋月设摊

所以看到报纸后第二天就在平湖秋月找到了她。那时候我不知道什么"英雄救美""护花使者"，只知道对摄影、对女性、对自食其力者的敬仰！单位里"大锅饭"闲得发闷，闷得发慌，正好有事可干，我暗下决心长期护佑她。我在博物馆食堂为她买了饭菜票，她中午有了热饭菜可吃；她每天背来背去的样照镜框，也摆在了我的办公室里，上下班只需背台相机过来就行；到了旅游旺季她忙不过来，我就偷偷溜出单位帮她收款、开收据。我还特意带她到"平湖秋月"国营照相馆营业亭的眼皮子底下设摊，国营照相馆的职工一个个乖乖待在亭子里，没一个敢出来干涉。我还带她到我们馆内闻名天下、游客如云、国营照相馆无法插足的文澜阁前设摊照相……欢笑又回到她的脸上。我跟踪采访她，用相机记录下她的欢快与忙碌……没过多久，杭州市个体劳动者协会成立，干静当选为副会长，她把更多的精力投入这个为数还不多的群体，为他们办个体劳动者成果展，为他们维权上访，向有关部门呼吁反映，忙得不可开交。

然而谁也没有料到的是，两年后，干静的流动摊位资质被有关部门取消，她只能在中山公园的后山上定点设摊。尽管此地临近"天下第一泉"，但从此她只能在这个不知是谁新开发的远角度为顾客拍照，其他任何近、中、左、右最佳及稍佳的"天下第一泉"角度，俱为国营照相馆的职工所占据。后来我了解到，是该国营照相馆通过市总工

1982 年干静在西子湖畔文澜阁

1983 年干静在西子湖畔文澜阁为进城的香客开票照相

会向杭州市劳动和工商部门施压，要求对个体户和国营照相馆一视同仁，都定点设摊。

　　那是秋天的一个黄昏，我在孤山后山找到了她。她一见我双眼就湿润了，说："这里哪有生意？游客要拍照早在山下的景点拍了……我想嫁到香港去……"我无言以对。我知道她已有了一个热情的追求者，那是在一次全国摄影器材博览会上认识的一位香港的小伙子，时任美国柯达公司香港代理商。干静还特意拉他来见了我。他出手很阔绰，在当时最豪华的杭州饭店郑重其事地宴请了我们。我知道木已成舟。那天在黄昏的孤山上，我和干静谈了很久，我说："我相信你有

三十年后又相逢

了这样一段经历，无论到哪里都会走出一条成功之路的！"

　　她毅然决然地走了，匆匆告别了杭州，告别了西湖，也告别了我。

　　干静走了，西湖依旧歌舞升平，湖光潋滟，好像一切都不曾发生过。不久，我也离开了浙江省博物馆，调到杭州市摄影家协会任驻会秘书长，连家也搬了，渐渐也就跟干静断了联系。

　　真没想到，我走马上任后，在摄影家协会会员的花名册上，发现了某国营照相馆的一位摄影师的名字，他就是当年在"平湖秋月"对干静实施暴力驱赶的领头人，而且居然还是省级劳模。后来我跟这位摄影师多次在会议上、协会活动中相遇，估计他也知道了我曾保护过干静，所以有意避开我，从未和我说过话。有会员告诉我，那人为了干静的事，还受到记大过处分。尽管悲剧已过去好几年，干静也早与我断了联系，但那深深的怨恨始终挥之不去。但为了工作，我还是鼓起勇气主动和他搭话，并告诉他干静早已离开杭州，过去的事就让它过去吧，他才将信将疑地和我接近起来。为了缓解矛盾，我主动提出去他家玩，他也很爽快地答应了。

他家住在西湖景区的照相馆集体宿舍里，环境优雅，房屋宽敞明亮。可屋里却空空荡荡，没有一件像样的家具，唯有墙上那张省劳模的奖状十分醒目。在客厅里他递给我一个小板凳，自己也坐一个，就这么和我聊了起来。"你王秘书长是山东的，我也是山东的，咱还是老乡呢！我也知道你是干静的师傅，但我要实话告诉你，那件事我没做错，要搞社会主义就不能让个体户太嚣张，爬到我们国营的头上来。打人是不对，但我的出发点是好的……就因为她是个女的才处分了我，我是想不通的！"

望着他那几乎一贫如洗的家，我一下子同情起他来。对他说了一些安慰和客套的话就匆匆告辞，因为我知道，在他心里也有挥之不去的怨恨。没过多久，突然传来他去世的噩耗，我惊呆了！我想肯定不止我一个人知道他早逝的原因。说到底，他自己也是个牺牲品。我破例去他家吊唁，向他的遗像三鞠躬……

光阴似箭，转眼到了我快退休的年龄，一切往事都像那烟云般渐渐淡去，西湖照相馆和绝大多数国有企业一个接一个地消失了，只有我当年为干静拍摄的这些青春靓影，能让我经常见到她那时清晰而美丽的面容。

有一天，我刚从西欧文化考察回国，时差还没倒过来就昏沉沉地接到一个电话："请问您是王秋杭大哥吗？我是干姐的小姐妹，哈！

　　2016年2月，我在杭州山朗艺术空间举办摄影作品展览，其中千静的这个系列作品占了很大比重，她特地从新加坡赶来参加开幕式并接受媒体采访。结束后，她还邀我故地重游，在楼外楼畅饮……

终于找到您了……"我猛然惊醒，几乎不相信自己的耳朵，急忙问："干静！她在哪儿？"原来，她是应干静之托专程来杭州找我的。干静现已移居新加坡，她挥师内地做美容连锁店已经多年，分别在上海、沈阳、哈尔滨、广州等地发展，圈内美容店的女老板都尊称她为"教母"。她丈夫仍在香港做律师，有两个儿子，一个在英国，一个在日本……

几天后，我和干静终于在上海见面了。她几乎素面朝天，没有化妆，没戴首饰，依然那样美丽清纯，时光好像在她面前停住了。她要了一瓶顶尖的法国红酒，举杯对我说："王大哥，我从不喝酒，今天陪你喝一杯！"夜晚，我俩在宾馆户外的草坪上漫步，她平静地说："其实我非常感谢当年在西湖边上欺负过我的人，是他们，让我学会坚强和不屈……"

是啊！如果时光退回到 1982 年的西子湖畔，有谁能想到干静会有今天的成就呢？

记 与 忆

四十年走过一条巷

这条巷叫羊坝头巷，老杭州没有不知道的。

当我第一次走进这条陌生而古老的小巷时，是去追求青春男人美丽的梦……但那时我很害怕把这条巷和旧书上的烟花柳巷联系起来。那个年头我因为生父的"政治问题"落了难，三十岁了还是"庙门前的旗杆"，于是我不得不把自己的择偶标准降到了社会的最底层。尽管"文革"结束后我又恢复了生气，进了省级博物馆工作，周围不乏女性期待的目光，但我始终没有改变我最落魄时候的择偶标准。那是刚刚迈进80年代的辰光，我在舞场上认识了她——一位丝织厂的普通女工。于是就有了和这条巷经常亲密接触的经历……

这是一条很古老的深巷。我每次走进这条巷，都是由西头的劳动路走到东头的中山中路，感受江南市井生活特有的温馨。旧式的板壁房子家家户户门挨着门、家靠着家，尤其是夏日的黄昏，每家每户的门、窗几乎全是敞开着的，屋里的陈设让人尽收眼底。我不时地会停下脚步好奇地张望。

一进巷口，右边第一个门面是一家机器弹棉花的老店，老远就

1980 年，我第一次走进羊坝头巷 73 号（西西商行），那是我女友金蓓英的家

这是一条很古老的巷，大件家具要从楼上窗户吊上去

能听到隆隆的马达声，终日不息。旧得发黑的排门叠靠在门边上，店内光线很暗，灰蒙蒙的天花板上吊着一盏昏暗的电灯，从早到晚发着一丝红光。周围挂着的是密密麻麻的牛皮纸包，那都是已经弹好了的棉絮等着主人来把它抱回去。机器是木制的，像一架小型的风琴，靠着一个马达转动，不断吐出被弹得松松的、白白的、厚厚的棉絮，仿佛永远没有尽头。店主是一位驼背老头，拿着一块圆圆的、厚厚的像锅盖似的家伙什儿，哈着腰在那翻了新的棉絮上来回左右这么压着、搓着。他戴着一只小小的、只能遮住口，却遮不住鼻的灰色口罩。他那苍老的、布满皱纹的脸上，头发上，眉毛上甚至眼睫毛上，总是挂着一层白白的霜花。进来的顾客几乎都是老人，总是像自家人那样叫他"潘师傅"。潘师傅也总是点点头，照样不停下手里的活儿……

隔壁这一家桌上有台熊猫牌电子管收音机，1958年的产品，绸缎蒙面布虽然已经泛黄，却是家中唯一享受终日盖着块头巾待遇的奢侈品，它正在那里高亢地放着京剧《智取威虎山》里的唱段《打虎上山》。可惜屋内却空无一人，也许老人都串门去了，小孩到井边冲凉，而父母还在厂里"抓革命、促生产"没下班，但饭菜却早已摆在门口的小圆桌上，有一大砂锅咸肉烧冬瓜、一盘红烧鲫鱼、一盘水煮毛豆，当然还有一瓶酒，六毛四分钱一斤的那种，蛮凶的，可惜只剩下不到二两了……

这家条件显然不如那家，但窗明几净，仅有的一件家具五斗橱的镜面正对着小巷，像是有意摆给所有过路人照似的，擦得亮亮的，我每次路过都要停下来借它照一下自己的仪表。女主人是位身材娇小的少妇，猫一样窜进窜出。我从没仔细看清过她的脸，不知长得什么样，但皮肤是极白净的，此刻穿得更少，无袖短衫露出莲藕般的玉臂，水

回城知青总喜欢围着漂亮女性转

红色的半脚裤使双膝全部裸露。没见她家有小孩、老人和男人。

好家伙！这家是个三代同堂的大家庭，正进行着全家的晚餐前奏曲：门口摆放着两个圆台面，好像脚下不怎么平，七歪八斜的，但每桌一盘白斩鸡和一盘凉拌海蜇皮早已摆在上面，预示着这家今晚有重要的家族聚会。总指挥是一位中年妇女，拖着一双走起路来噼啪乱响的木拖，手中那把大芭蕉扇让人想起了卡拉扬手中的指挥棒：

"啊哟，不好意思，等你们吃好再来！"邻居阿婆拎着满满的马子和竹纤帚从墙门里出来，见到这个阵势慌忙往回走。

"表要紧地聋庞奶奶，你先来好得来，总要先撒后吃的咯，撒不出介格套吃得落呢！"也不知道她是在骂人还是真有这份心，反正大芭蕉扇一挥，聋庞奶奶拎着马子、掂起小脚一溜烟地跑到对面公厕，不

初次给她照相

一会儿，就在离圆台面不到两米的地沟旁"刷刷刷"地开涮起来。

"来来来，各里各里！拉里人家要走路的。"大芭蕉扇所指之处，是两位二十来岁的小伙，正从一辆永久牌28英寸重磅自行车后座上抬下一箱瓶装啤酒，低着头往芭蕉扇所指方向抬去。透过木箱的横隔，我清楚看到工农牌的红色酒标。这种啤酒最便宜时九分钱一瓶，我一气能喝四瓶。不过那时候啤酒是紧俏货，能搞到整箱啤酒的算是本事蛮大的了。

"二姨娘，煤饼没得了，还有两只菜没烧来？"一位中年男子赤着膊、拿着把炝锅刀风风火火地从里面跑出来喊道。

"噢骚到隔壁姜痢痢屋里头借两只，噢唷，介点儿事体都弄不灵清。"大芭蕉扇在空中划了个半圆。

一位身穿蓝色工作服的，显然是这二姨娘老公的中年男人好像刚

老人总是忙忙碌碌的，这位老太后来成为我的丈母娘

下班回家，看到两桌菜和一箱啤酒兴奋得直搓双手。"叭！"芭蕉扇砸在他头上："你把我少吃一点噢！吃好碗盏要你汏的！"

"哗唥唥！哗唥唥！"一辆簇新的、墨绿色的凤凰18型全链罩、单搁脚自行车迎面驶来，闪闪发亮的车把上一字儿站立着四只双响转铃，二四得八，这一按就是"哗唥唥"八声道啊，这奇妙而清脆的金属声足以让整条羊坝头巷的人为之侧目。骑车的是一位戴着蛤蟆镜的中年男子，一头油光发亮的头发、两撇小胡子、一条裤线笔直的"的确良"裤子，加上一双二孔皮鞋，座凳拔出离车身足有半尺高，身子几乎是横扑在车上。

"二姨娘，当心饭篮儿露出！"一溜烟，凤凰飞过圆台面。

"谢谢，哪怕全部露出也轮你不着！"芭蕉扇一劈，话语箭一般地射了过去。

"你的一封情书叫我看了脸红心儿跳，你的坦白热情叫我不知应该怎么好……"悠然间，邓丽君那缠绵、甜美的歌声柔柔地飘过来，举目望去，一堆年轻人聚在一块儿，其中一位手里提着一台崭新的三洋4500四喇叭立体声磁带收录机在欣赏，我像着了魔一样凑了过去。

"你把老子安耽么好得来，我老早算过的，像我们格种工人阶级要吃三年霉豆腐都买不起的。一千来呢！我们一个月工资多少？三光二！"

"他格只4500又不是买来的，是偷他老子藏了夜壶里的陆俨少画儿调来的，四尺整张山水，不晓得合不合算？"

"他老早把格幅画儿拿了去问过文物商店的来，说的只值三百块。"

"格么博物馆呢？"

"不收。"

每天刷马桶是我女朋友二姐的活儿

蜂窝炉每天清晨都要点燃

"4500广州九百块可以拿下，不过要 5 台以上。"

"杭州要一千到一千二。"

"秃头阿四屋里还有两台拉哈，没拆封的，一口咬牢一千二一台。"

"要么我们凑凑刮刮广州跑一趟哦！一家弄一台搞搞。"

"牙呢？要么偷去得来！"

……

这邓丽君的歌真是勾魂啊，再加上这金属般穿心撼肺的立体声，足够使任何钢铁战士都丧失战斗力。即便就是为了听她的歌我也真想买一台，可是钱呢？我和他们一样惆怅。

走过这一家，看到那一家正在忙着泥水生活。小巷路面上拌着黄沙水泥，砖头差不多都搬进去了，几个赤膊的小伙子正忙进忙出。这种活我干过好几回了，像我们这种男知青回城，三座大山压在身上是抬不起头来的：一是找工作，那个急啊，哪怕扫马路的清洁工也是好的，因为有了铁饭碗，就会有一份固定的收入；二是找对象，但必须建立在第一件事落实的基础上的，没有工作找对象？门儿都没有；三就是找房子。都是大龄青年，单位解决不了，只好自己动手搭建，房管所一开始还来干涉，但一看到有的女青年挺着大肚子也就心软了。因此，杭州像羊坝头这样的不少小巷，违章建筑就如雨后春笋一样搭建起来……

再走过另一家，晚饭已经吃好，油光红亮的竹榻已经抬到门口，竹榻下面的路面上刚洒过井水，白发苍苍的老奶奶正用热毛巾一边擦，一边赶开猴急想爬上来的孙子孙女们。我小时候晚上也喜欢睡这种竹榻，很凉快的。和别人家的孩子不同的是，我不喜欢听故事，而是喜欢讲故事，胡编瞎造一些鬼故事，弄得那些女孩子越听越害怕、越害怕越想听。最得意的是讲到关键时刻刹牢，说口渴，几大杯凉开水立

拆迁把围墙拆了，那年夏天我们只好在马路边上用晚餐。这位披长发的早已成为我的妻子，我们兄弟姐妹每个星期天都要回娘家相聚

马会送到我的嘴边，有时还会有西瓜，或者她们凑钱跑到马路对面的红卫冷饮店买来七分钱一杯的冰果露，最奢侈的还有一角五分钱一杯的淇淋果露……当然也有编不下去瞎编露出马脚的时候，比如刚说到"突然眼前一阵黑风刮起，一头黄色怪物从天而降，悟空定睛一看，哇！乃金角大王来也"，就被4号门五岁的小豆芽果断地打断："不对！金角大王前天已经死了！"因为她是奶奶的掌上明珠，有求必应，又是我故事会冷饮的主要提供者，因此我还真不敢得罪她。"啊！前天死的那个金角大王是两个角的，今天这个是独角的，比两个角的厉害多了！"我不慌不忙地应对着。有时候实在编不下去了，就罢讲，躺在竹榻上两眼闭上装睡。这时小豆芽就会爬到我身上来恳求："秋杭哥，求求你再讲下去吧，我知道你是造出来的，再造下去吧，我要听，

我跟奶奶要钱去，给你买淇淋果露。"

……

"格里倒蛮闹猛"，一个人坐在门口吃老酒，好几位年轻人站着听他吹牛。格老倌三十来岁，精干巴瘦，头发像鸡毛，胡子像板刷，两只小眼睛眯成一条缝，巴掌红得像猪肝，身上那件破得几乎快挂不住了的和尚领汗衫，一看就晓得他老婆还没讨过。你看他，屁股么坐在家门口的台阶上，一张搁板凳儿地下一放，一只另拷的三角捆子一斤的杭黄老酒瓶儿早已空了，一角三分一包的大红鹰剩下没几根，一海碗咸水花生变成了一堆空壳儿，可照样架子十足：右手三个指头掐着黄酒碗边，左手两根焦黄的手指夹着快烧到指甲的香烟屁股。

"讨老婆？讨啥格老婆？她们说一堂家具，老子说少张眠床；她们

迁入新居后，丈母娘经常坐在公用过道门口，望着过往的老邻居、老街坊

说二老双亡，老子说还有一个后娘；她们说三转一响，老子说还在店里；四季衣裳，缺件冬装；五十平方，是间茅草棚；六亲不认，老子不认丈母娘；七十块月薪，老子两个月拿啦；八面玲珑，是个呆头；酒烟不沾，到辰光要咪点儿高粱；十分听话，火大起来请你吃个巴掌。"

在人们的哄笑声中，他又得意地揩起酒碗呷了一口。其实他碗里早已见底，只是端个架子、做个手势而已。我知道他这时候感觉是最好的，连皇帝给他做他都不会去做的。

从 20 世纪末开始，羊坝头巷被列入了杭城首批旧城改造的行列，随着大批大批的民房被拆除，以上的景象渐渐淡出我的视野，尽管我早已从这里带走了她——我的老婆——远住城西，但我几乎每个星期日都要携她来这里看望丈母娘。如今，丈母娘和老邻居们也都住进了

2021 年，我又带她走进这条完全陌生了的羊坝头巷，已经寻觅不到任何当年的印象了

新楼房，尽管没有了往日邻里之间的那种如一家人般的亲密，没有了旧巷数百年来积淀下来的老杭州市井文化的习俗和传统。老邻居们偶尔在高层住宅的电梯里相遇，往往会谈起某某婆长久不见面听说走了好几年了……听某某说某某公刚出院也不知道得了什么病……某某某的儿子结婚了，伢儿也蛮大了……某某某的孙子出国做老板做得蛮大了……

如今再走进这条羊坝头巷有如走进了豪华的天堂，摩天的楼群。幸好喜欢用相机记录的我，当年拍下了这些零零星星的羊坝头的镜头，使这些令人难以割舍的老景象能够伴随着这些故事流传下去……

西湖边上的包子铺

这组报道摄影是我 1992 年很认真地拍的，记得还花了很大工夫钻进暗房放大了好几组，分别投了《中国摄影报》《人民摄影》《南方周末》等好几家报社，结果是有去无回。如今整理老照片时发现了它，真是感慨万千啊！

20 世纪 90 年代初，杭州西湖边上有个很有名的南方菜馆，据说被个人承包后生意火得不得了，为了扩大经营，满足顾客日益增多的需求，另开战场，推出了南方大包快餐系列，皮白馅大，分肉包、油包、菜包几种，以迎合东西南北不同的口味。一元钱一个，一下子就受到游客们的热烈欢迎，一天竟能卖出几万个，日营业额光包子就是几万块啊！那个火爆场面从这些黑白照片上可以看得出来吧？再加上南方菜馆坐落在离西湖很近的湖滨路上，仅隔一条马路，对逛完西湖回城购物的游客来说，是再方便不过的午餐了。又经济又实惠，就是吃相难看点。你看大马路上无论男女老幼，一个个龇牙咧嘴、狼吞虎咽……当时杭州的报纸，没少赞美过这南方大包的。我就是看了《杭州日报》的报道，特地去看过，买来吃过，才下决心去拍的……

南方大包进行曲

边行边食，中国特色

中西合璧、土洋结合

刚出笼的热包子，人见人爱

滚烫的第一口，才是最美味的

小朋友也全然不顾吃相

热火朝天的面板师傅们

热包子出笼

一连好几天哪，早晨四点起床，骑车赶去，面板房里早已热火朝天了。尼康 FM2 相机、35-105 厘米镜头、乐凯 400 度卷儿、D-23 显影液、G-70 放大机、俄罗斯碳素相纸……好辛苦的。没人派我这任务，完全是我自愿的，为了中国式快餐尽点宣传义务。如蒙发表，出点小名不说，还能拿点稿费，喝点小酒！据说那时麦当劳老板亲自来杭州市调研后，未敢冒进，就是因为有了这南方大包。我当时取的题目是"中国式快餐'南方大包'阻挡洋快餐"，很愤青吧！可惜没有一家报纸登，肉包子还真成了打狗的有去无回了！再一想，幸好没登，登了的话那才是自己扇自己嘴巴子呢！

　　不知道为什么就败了呢？如今的杭城麦当劳、肯德基雄赳赳地开了一家又一家，别说南方大包，就连南方菜馆也从湖滨路上消失了。尽管现在有一家很大的酒家也挂着南方大包的招牌在卖，但总有些"挂羊头卖狗肉"的味道，再也见不到当年火爆的场景了。为什么中式快餐就是抵挡不住洋快餐呢？难道仅仅是吃相不雅吗？

　　大家评评这个理！

承包一家店，唱响一大片

　　1976年"文革"结束后，我顶继父退休的职，进了浙江省博物馆工作。1978年被评为省级文化系统优秀共青团员。当时社会上"大锅饭"盛行，许多矛盾非常突出，最大的矛盾就是上班不干活，迟到早退没人敢管，甚至发展到公开干私活，偷拿公家东西，等等。博物馆食堂最后一名职工退休后，没有一位年轻人愿意去干食堂工作，而西湖周边没有几家饭店，游客吃饭难的问题又变得十分突出。

　　博物馆坐落在西湖"平湖秋月"和"楼外楼"之间，地理位置极佳，又正值改革开放，1983年农村家庭承包、包产到户普遍推广，于是我提出自愿承包博物馆食堂，并对外开办"又一村"餐厅。我贷款一万五千元，白手起家，聘请西子国宾馆一级退休厨师及民国时期曾任顾祝同私厨的退休厨师，再从上海招聘大型国有企业退休的总会计师担任小店会计，并招聘待业青年十名。这既保证了博物馆干部中午的用餐，又解决了西湖边部分游客吃饭难的问题。当时因为是杭城第一家个人承包的餐厅，一下子名扬四方：香港地区以及美国、新加坡等地报纸大版面报道；中央新闻纪录电影制片厂前来采访；著名作家

那时候没有广告公司和专业美工，这块广告牌是我的得意之作。我当时提出停薪留职，但馆领导非要我拿百分之七十的工资。餐厅收入补齐我剩下的那百分之三十外，奖金拿餐厅所有职工的平均奖

王旭烽为我写了长篇报告文学《现代派青年》，发表在《江南》杂志1985年第3期上……我记得当时来采访的记者每天不断，有认真报道的，也有来混吃混喝的。

不可否认，当时"弄潮"很时髦，但风险几乎没人去考虑。因为很多人只看到了"弄潮"的名和利，滥竽充数，难逃昙花一现，很快就被潮水吞没或掀翻。也有更多的人仅凭一腔热血，法律意识完全空白，到头来被污泥浊水泼得身败名裂，灰头土脸……

"你就是王秋杭吗？"一天，两位身穿制服的人走进我的餐厅经理

王锡沂是我中学班主任的哥哥，也是上海一家大型国有企业
退休的总会计师

兼会计办公室。

"是的，我就是！"我答道。

"我们是 ×× 检察院的，你们博物馆告你贪污公款和公物，我们
依法对你立案审查。现在我们跟你去你家，拿上日常生活用具，马上
跟我们走吧！"

"对不起，我不是博物馆的，我是又一村餐厅经理，独立法人，有

承包合同的。"

"有承包合同？"

"当然，请看！"我拿出合同书，上面清楚写着：一、营业额百分之三作为经理基金。二、净利分配：百分之四十上缴博物馆，百分之三十集体留成，百分之三十奖金分配。三、承包人对经理基金、奖金分配有支配权……

两位穿制服的人拿过合同书看了半天，商量了一下，立马和风细雨地说："啊，有合同就应该按合同办！这份合同书我们拿去，作为撤销对你立案审查的依据。"

这时墙上的挂历刚翻到 1985 年 10 月，距我 1983 年 5 月 20 日承包又一村餐厅两年多时间……我暗自庆幸：就是这一张在别人眼里根

1983 年 5 月 20 日，又一村开张前一天晚上，我摆了两桌酒席加两瓶茅台，请来杭州初露锋芒的中青年书画家们到餐厅挥毫补壁。这是当时颇有名气的钱大礼和蒋北耿在合作

　　浙江美术学院（现中国美术学院）教授周昌谷接到我的请帖时正在浙江医院住院，但还是带病把宣纸铺在床上，斗笔写下他独创的"蚯蚓体"——"柳暗花明又一村"五尺巨幅（戴眼镜者背后墙上），并派人送来餐厅，仅索要一盘龙井虾仁解馋

又一村开张第一年还清所有借贷款，第二年开始赢利。这是第二年春天，我带全体员工到灵山洞春游

本不起眼的合同书救了我。

我不愿让别人来安排自己的命运，是因为生父含冤去世，改变了我的人生轨迹。在黑龙江生产建设兵团原始森林里一腔热血率领战士们构筑战备坑道，结果他们都火线入了党，偏偏抛弃了我。所以我要去舞场找老婆，要承包饭店当老板……

和我签订承包合同的博物馆领导退休了，新领导上任，首先拿我开刀。可是他们万万没有想到一纸合同书废了他们的企图。于是，馆××科有事干了，先是把我们餐厅几位女营业员一个个叫去审问，我看到她们一个个笑着进去，满面泪水地出来……

"你还年轻，不要以为有点小聪明就敢和组织上对抗。告诉你，

《浙江青年》杂志

组织上什么事情都是掌握的，就看你争不争取主动。如果你主动交代问题，还属于可教育好的人民内部矛盾，如果你拒不交代，非要对抗组织，那我告诉你，等到组织上给你摊牌了，性质就变成敌我矛盾了。你现在思想上对组织的抵触情绪很大嘛！不要紧，组织上是宽大的，你先回去认真考虑考虑，不要现在嘴硬，要想想今后，也不要光考虑你自己，要考虑你的家庭，考虑你的老婆、孩子。等考虑成熟了再来找我主动交代问题，只要是主动交代还来得及……"××科科长把我叫去审问道。

那几天我几乎饭吃不下，觉睡不好。

"我考虑了好久，实在不知道要交代什么问题。"几天后，我到××科跟科长道。

"你真不想交代？"科长问。

"不是不想，是实在没有啊！"我道。

"那好吧！现在跟你摊牌！"科长拿出厚厚的账本，翻开折叠的那一页推到我面前，厉声道："你10月份进了十二斤白糖，11月进了十四斤！"他猛一拍桌子站起身来，怒道："那两斤白糖哪去了？老实交代！"

"你应该先查查我们餐厅10月份卖了多少糖醋排骨和西湖醋鱼，11月份卖了多少，再来问我两斤白糖哪里去了！"我不慌不忙地回答。

科长傻在那儿，半天说不出话来。

我的第二个"罪状"是花了三千元在当时极为畅销的《西湖》杂志封底做了一期软广告。新来的馆长直接找到我，说经过调查核实，我吃回扣一百元。我说："核实？这张封底照片是我拍的，给我的是稿费，你核实过了吗？"馆长怒道："食堂做什么广告？"我无语。

不久，省文化厅在胜利剧院召开省级文化系统全体干部大会，新来的领导在台上作数小时报告时，突然怒道："博物馆那个又一村，昂！吃大闸蟹！昂，我这个厅长都没有大闸蟹吃！昂……"我坐在下面，一听就火冒三丈，但我没有申辩的机会。我这个省级文化系统优秀共青团员的形象，就被这位新来的领导当着全厅干部的面给毁了！我承包又一村前，自费吃遍了西湖周边为数不多的几家餐馆，全是国有的，只有春秋两季人如潮涌，但也只是中午一餐，早晚都没有生意，下雨天全完。因此包括当年的"楼外楼"也是亏损的，只是福利比其他国有餐馆好。职工全家一年四季都不用买菜，饭店整鸡整鸭地发，职工每天都是用锅子盛熟菜回去全家共享。跑、冒、滴、漏是开餐馆

《西湖》杂志 1985 年第 12 期封底，我花三千元刊登的又一村
餐厅广告

几乎无法避免的事，因此，我亲自制定了又一村的规章制度，极其严
格，职工上班不允许带茶缸、饭盒等器皿。因为我们又一村是杭州第
一家个人承包的餐馆，我自己带头，喝酒一律柜台上买。我还专门指
定一位职工收集餐桌上的剩骨头、空酒瓶等，集多了卖到废品收购站，
得款存起来用作职工福利。这一年的中秋节生意大旺，赏月的人潮干

脆把餐厅的桌椅全搬到西湖边，满满的冰箱存货全部卖空……一直到晚上十点才终于关上大门。因为没有加班费，我把早上卖空酒瓶、骨头的福利费事先买好五斤大闸蟹，关门后分给每位职工一只。我望着这些为了西湖游客、为了又一村餐厅全都放弃个人家庭团圆的职工们，感激得说不出话来。满上一杯酒，表示我深深的谢意！这就是那位领导大发雷霆"我这个厅长都没有大闸蟹吃"的由来！

又一村餐厅撤销后，馆里请来某省会计师事务所的主任和一名资深会计来查我们餐厅的账。别看我们餐厅小，可我聘来的是上海国营大厂退休的总会计师，他是我中学班主任的哥哥，特地从上海来杭州帮我的。他是我们餐厅工资最高的，每天两元钱，做一天算一天。中午一份免费工作餐，喝酒自己到柜台上买。他跟我说，他做的账是国有大企业才使用的借贷法，必须财会专科毕业的人才能干，一般小企业是请不到这样级别的会计的，只能做流水账式的加减法，那是无法核算成本的。博物馆聘请来查账的那位主任会计师，翻开账本，认真看了几页就合上了，问我：

"你们餐厅有多少员工？"

"十六名。"我答道。

"固定资产多少？"

"四万多。"

"银行存款呢？"

"两万多。"

"借贷都还清了？"

"第一年就全部还清了。"

"不用查了，餐饮业能做到不亏损就相当不错了，这么小的餐厅还能有纯利润两万多元，相当不错了……"主任会计师对馆长道。

不久，博物馆召开全馆大会宣布对我的处理决定，仅有一条"上纲"的，就是我用经理基金购买了一台价值一千零八十元的"富士卡"照相机。未经控办批准，公物私用。经馆务会议讨论决定对我的处罚：一、照相机缴公。二、一千零八十元从王秋杭工资中逐月扣除，每月扣二十元……之后，我离开了博物馆，开始不断地向上级主管部门书面申诉：上缴了照相机为什么还要扣我工资？承包合同上写明：营业额百分之三为经理基金，用于承包人公关、交际，为什么不可以买照相机？又一村餐厅属于小集体性质，又不是国家机关，添置设备需要控办批准吗？一年多后，扣除的工资终于如数退还给我。

1989 年，我凭着摄影的专长和所获得的荣誉，调到杭州市文联，被派驻杭州市摄影家协会任驻会秘书长，直至 2009 年 12 月退休。

悠悠安昌四十载

　　著名电影导演史践凡是我小时候的邻居，他那时就读于北京电影学院导演系，每年暑假回来，我们在他家门口乘凉时都要围着他听他神侃。那时候他就跟我说，绍兴有个安昌古镇非常棒，50年代电影《林家铺子》就是在那里拍的外景。因为我看过不止一遍《林家铺子》，印象极深，于是我牢牢地记住了安昌。一直到1982年，我独自一人，乘长途汽车到绍兴柯桥，换乘两块钱的蹦蹦车，一路筛糠似的颠到安昌，再步行约三里地，才能走进安昌老街。我仿佛一下子进入了民国时代：那廊、那桥、那屋、那船……都是20世纪的遗存，且保存完好。

　　安昌曾是水路运输重镇，民间曾流传"小绍兴，大安昌"之说。然而随着陆路交通的兴起，安昌被边缘化了……而我，或三五摄友或独自一人，几乎每年都要来这里过上几天"与世隔绝"的日子，也交了几位朋友。当然，还有女儿红、加饭酒、茴香豆、青鱼干、酱猪头、腊香肠……

茶家阿妈

　　1989 年，我担任杭州市摄影家协会驻会秘书长后，几乎每年都要组织会员来安昌采风，最隆重的一次我包了一辆大巴车来，有四五十人。每次来都住在位于老街中段的安昌旅馆，一住就是三五天。后来在离换乘蹦蹦车不远的地方建了一座豪华的安昌大酒店，但我们还是宿安昌旅馆，不但因为价格便宜、出门就能开机，更因为我跟陈经理和他老婆茶家阿妈的老朋友关系。

　　1999 年元旦，当我和会员边伟虎、郑从礼、徐瑞康、翁荣儿等再次踏上安昌老街时，被老街的几位居民拦住喊冤，说是现在安昌河水四周盖起了印染厂，毫无顾忌地向安昌河排污，造成安昌河水又黑又臭，沿街居民连窗户都不敢开。本来当地居民靠安昌河水洗菜、淘米，

仁昌酱园之初。摄于 1982 年

繁忙的安昌水上运输。摄于 1987 年 8 月

如今用河水拖个地板都要臭半天。我们问："你们没有向有关部门反映过吗？"他们说反映过，但遭到报复，或断自来水，或上门威胁等。由于沿河居民越聚越多，我当街向他们表示：一定将这里的情况拍下来，如实向媒体发稿。于是我马上召集摄影家们回到安昌旅馆，征求大家意见，都同意为民请愿后，我当场找来纸笔，起草《安昌河水黑如墨，谁来承担责任？》的新闻报道稿件。我起草好宣读后，五位摄影家都签上了名。然后，大家分头去拍摄，有的拍摄附近印染厂的排污实况，有的采访老街居民……回杭后照片洗出来都交给我，我选了十多张，以我们五位摄影家的名义向《中国环境报》投寄出去。没过几天我就接到该报时任主编侯紫打来的电话。他首先对我们表达了热情的感谢，说："摄影家能够关心环境问题真是太难得了！"并告知将在头版刊发。刊发后，中央电视台第二频道经济生活栏目组赶来采访。他们先找到我们，由我们带领再次赴安昌古镇采访。随后，《钱江晚报》、浙江电视台、《浙江政报》等媒体纷纷聚焦安昌古镇，进行连续跟踪采访。

最后一次宿安昌旅馆是 1999 年 12 月初，我接了一个活儿，某话剧团要排演话剧《阿Q正传》，急需一幅幻灯幕布背景，要求是绍兴水乡，要有桥、乌篷船，船上要有老酒坛，划船人要戴乌毡帽……他们找到了我，我毫不犹豫地揽下了。那可是个寒风凛冽的冬天，我独自一人来到安昌旅馆，已是夜晚。因为旅馆朝南的房间全都租了出去，我只能住在北面的一间房屋，玻璃窗是破的，西北风呼呼地吹进来，冻得够呛。房间不但没有空调，连电视机都没有。我到老街买了两瓶加饭酒，一包茴香豆。回到旅馆去开水房打来两瓶开水，一瓶烫脚，完了就在脚盆里，用另一瓶开水把两瓶加饭酒烫热，将又硬又重的棉被裹在身上，坐着对着酒瓶吹，并佐以茴香豆，身上才逐渐暖和起来。两瓶老酒下肚，趁着醉意顺势躺下……我永远忘不了那一晚的自讨苦吃。

《父亲的路》。摄于 1987 年 8 月，该作曾入选第二届乐凯杯全国摄影艺术展览

　　1999 年 12 月 18 日，我组织会员参加省摄协"跨世纪摄影比赛"活动时，不慎摔断左腿住进了医院。茶家阿妈从去安昌采风的杭州摄影家那里得知我的情况后，提着一篮鸡蛋到医院里来看我。我顺便问起了旅馆的经营状况，她说很不好。因为是国有资产，房屋老旧，连打了好几个报告都没批下来维修款。她苦着脸问我："老王，你说我们将来怎么办？"我说："今后只能靠自己，一切都会好起来的，一定要有信心，但不能等。"

　　2001 年初，侯紫主编又打来电话说："环境问题已经引起中央高度重视，由中宣部牵头，国家环境保护总局、国家广电总局等三家单位联合举办'环境警示教育图片展'，我们报社已经将你们发来的稿件推荐上去了。"到了 7 月份，我收到了中宣部寄给我的获奖证书。当时还真没当回事，觉得事情已经过去了。于是把证书往箱子里一塞，

安昌之晨。摄于 1988 年 12 月

安昌供销社门前。摄于 1988 年 12 月

外婆家。摄于 1993 年 11 月

也就忘记了。

　　2018 年，为庆祝改革开放 40 周年，我从箱底翻出那张我亲笔起草、五位摄影家共同签名、为民请愿的新闻原稿和那张获奖证书，独自一人开车来到安昌，找到安昌古镇保护与开发管理委员会，提出想办一个我们五位摄影家拍摄安昌的回顾展。我的提议得到了管委会陶森书记的鼎力支持。"'回眸安昌'——庆祝改革开放 40 周年五位摄影家联展"先后在杭州和安昌两地展出，为安昌的旅游事业添了一把火。为此，我们五位摄影家不但获得了"安昌荣誉市民"光荣称号，而且该展作品《记录安昌》还入选由中国摄影家协会举办的"影像见证 40 年全国摄影大展"。

　　2022 年 3 月 4 日，我再次牵头，和林志刚、翁荣儿三人，精选了七幅安昌老照片，配上相框，把摄影作品展办进了茶家阿妈的家里。他们俩早就把旅馆关了，靠自己的双手做起了酱货腌制生意，自产自

摄影家现场采访老街居民受污染情况。摄于 1999 年 1 月

《安昌河水黑如墨，谁来承担责任？》原稿

销，靠着质量和信誉，早已名声在外。在众影友的帮助下布完展后，我问茶家阿妈夫妇："想当年我说要靠自己，一切都会好起来的。现在二十多年过去了怎么样？"他们俩异口同声地道："好起来了，好起来了！"我说："这些照片就是见证。"

茶家阿妈夫妇把我们的作品当作传家宝，永不撤展。摄于 2022 年 3 月

形象大使宝麟

　　安昌旅游业的兴起是在 20 世纪初，老街的东头出了一位"活宝"。他叫宝麟，开着一家很小的酒店，取名"宝麟酒家"，我是他酒店里的常客。其实，宝麟的心思并不在酒家上，他那个小酒家不请厨师，自己也不会烹饪，他老婆也就会做几个砂锅之类的家常菜，没有小炒。下酒菜都是现成的茴香豆、青鱼干、蒸熟的安昌香肠、酱鸭之类的冷菜。反正坐下来就能吃喝，站起来就能走人的那种速食摊。但好在他那个宝麟酒家的地段极好，是进入安昌老街的必经之路。加上他一年四季都头戴毡帽、身着长衫、脚踏布鞋，再加上终年不刮的胡子，很有绍兴老倌的派头，非常吸引眼球，也是几乎所有来安昌摄影人聚焦的对象。但他是要收费的，酒家门口挂着一块不怎么醒目的牌子，

上面手书：拍照收费五十元。然而绝大多数的摄影人并不买账，偷拍、抓拍、抢拍时有发生。他也跟他们争执，甚至肢体碰撞过。

　　我喜欢宝麟，并不是因为他酒家的酒或小菜比别家的好。我也常跟他说，搞几样别家没有，你独家经营的绝门菜肴，生意会好起来的。可他说没有用的，你辛辛苦苦搞出来，人家见你生意好，只要到你这里来一看就学会了，用不了几天整条老街上的酒店都有了。宝麟其实最喜欢我这类又爱喝酒、又爱照相的人，而且都是我点好酒菜，邀他共饮。酒过三巡后，他见我举起相机，就会尽全力配合我摆出各种姿态让我拍摄。宝麟酒量不行，也就一斤加饭酒的量，而我两三斤下肚，除了肚子胀，啥感觉都没有。我经常提议喝白的高度酒，说你们的加饭酒掺过水的。这时宝麟就会极严肃地道："到了绍兴哪有喝白酒的

　　能够经常光顾宝麟酒家，并跟他一同豪饮的摄影家并不多。他喝高了就会主动摆出各种姿态让我拍摄。摄于1995年12月

道理？老酒掺水是要断子绝孙的！"

有一次我刚步入安昌老街，突然宝麟大老远地喊："秋杭！秋杭！"我走过去，他一把拉住我的手道："今天有好酒，刚开磅，算你有口福。"我说："现在还是早晨，怎么喝酒？"他道："喝早酒是绍兴人的老传统，你们山东人到这里来要入乡随俗啊！"不由分说把我拽到了他的酒家，并小声跟我说："今朝的酒是私酿的，好不容易搞来一磅，就等你来品尝！"我那是第一次喝早酒，跟宝麟两人你一碗我一碗……那酒果然醇厚，宝麟两碗下肚眼就直了，开骂起来。安昌老街上的老人都有一个嗜好，喝酒喜欢当街摆龙门阵，喝到份上就天下老子第一了，谁都不放在眼里，逮谁骂谁！宝麟狂吹自己拍过电影《少年周恩来》《秋瑾》……不过我还真见过他跟一帮剧组群众演员在老街上混在一起，嘻嘻哈哈的。我知道这是他最开心的时刻，这时你让他喝酒也拉不走他的，所以我也没打扰他。

2018 年，我再次来到宝麟酒家，看到宝麟一副骨瘦如柴的样子，简直判若两人。他说喝老酒把胃喝坏了，到杭州邵逸夫医院开的刀，花了两万多块钱……我掏出一百元他执意不收，我就要了两碟茴香豆和一碗加饭酒坐下，他不再陪我喝了，这酒寡淡多了。当我再次端起相机时，他摇摇头道："秋杭，安昌越来越没有文化了。"他用手挡住我镜头，"别人要拍我照样收费。你就算了，你跟他们不一样的……"

2021 年，宝麟酒家的牌子没了。酒家还在，但是换了一位年轻人。我知道宝麟已经退隐江湖，安昌老街没了他，连我的酒兴都减了不少。

2022 年 3 月 4 日，我们在茶家阿妈家布完展，第二天在老街西头，突然发现了毡帽长衫、优哉游哉的宝麟。宝麟和我一见如故，邀请我们四人上他家去坐坐。他家是个旧式的大院子，住着好几户人家。院子内养了很多盆花花草草，看来宝麟真正开始安享晚年了。他是 1954

安昌之魂——宝麟。摄于 2009 年 10 月

宝麟老了，长衫不穿了，毡帽不戴了，酒也不喝了。摄于 2018 年 6 月

退出江湖，在家静养的宝麟。摄于 2022 年 3 月

年生人，小我五岁，但看上去比我苍老不少。他坎坷的一生其实都已铭刻在了脸上。我邀请他中午跟我们一块儿喝酒，他老婆忙不迭地摆手坚拒。我们一个个争着跟他合影。我现在才明白，他当年拍照收费其实不仅仅是为了他个人的尊严，更是为了安昌文化的尊严。

矮子阿婆的传说

沿着安昌老街一直往西走，过了秀英饭店，就到了老街尽头。再沿着安昌河继续往西走，翻过一座水泥桥，眼前便是一片田野，只是碎石路的右侧还绵延着零星、低矮的平房。再往前走大约一里，右侧深处便会望见一座残存的、非常精致的砖雕门楼。里面是个大杂院，在二楼右侧最后一户，我曾目睹过一位躺在床上的老太，他们叫她矮子阿婆，是个日本人……

大约是在90年代初期，我在那座水泥桥上遇到一小群人，看打扮不像是老街居民，而像干部模样。一位年轻女子边走边向他们介绍矮子阿婆的情况：每年日本大使馆都要派人来看望她，赠送她礼物和钱款，并动员她回日本去养老，说日本养老条件要比这里好多了，而且是免费的，但她坚持不回去。一席话立马勾起了我强烈的好奇心，怎么？这里居然还住着一位日本人？于是我急忙跟了过去。

来到楼上我见到了她，满头银发，一双木讷的眼睛凝视着天花板。看得出她知道自己的生命已经开始倒计时了，不能说话，更不能下床。枕边摆满了好心人送来的糕点、水果，还有零星的纸币和钢镚等，她需要时随手可及。参观人群中有人小声问："她没有亲人吗？"那年轻女人答："有个儿子，曾来看过她一次，就再也没来过了。"我最后一个离开，因为屋里实在太暗，闪光灯又怕惊动了她老人家。我咬了咬牙，掏出十元纸钞，塞进她那干瘪的手心里，她那双木讷的眼睛总算与我对视了一会儿。

后来我每次来安昌，都要抽半天时间专程去矮子阿婆那个大院，向大院里的居民们打听阿婆的往事……十多年下来，阿婆的身世终于渐渐清晰起来。

她毕业于东京某大学，嫁给了在东京开设渔行的老板。该老板原是浙江象山渔民，赚足了钱，偕这位东洋妻子和儿子衣锦还乡。当时的绍兴安昌，迎来了三位日本女子，矮子阿婆就是其中的一位，不知为何，她来时仅孤身一人。当地村民非常宽容地接纳了她们。他们亲切地叫她矮子阿婆，是认为这个称呼非常合体，而且便于识别她们仨，丝毫没有贬义。阿婆也很快融入这水乡的浓情之中，慷慨奉献出自己卓越的裁衣缝裙的手艺，令当地婆姨大妈们眼界大开，美誉远播……中日蜜月期来

老街居民。摄于 2016 年 7 月

老街新客。摄于 2002 年 3 月

老街新貌。摄于 2018 年 6 月

安昌新貌。摄于 2019 年 8 月

"矮子阿婆"曾住在这座大院里。摄于 2021 年 9 月

临之际，人们想起了这三位东瀛女子。很快，绍兴城里办起了外国语学校，矮子阿婆和她的姐妹们当上了日籍教师。她又是基督徒，拥有了一大批教友。在日本大使馆的再三动员之下，那两位日籍老太终于回归故乡，独独剩下矮子阿婆一人，执意留在了异国他乡的安昌。

她初来这块陌生土地时肯定是被迫的、无奈的、孤独的，可这块土地上人们的善良和包容，居然让她放弃祖国，成为真正的安昌人。当地人对她的敬意非同一般，为她送葬那天，大院里挤满了人，有邻居、教友、外国语学校师生等各方人士，教会还按照东洋习俗特意请来洋乐队为她奏乐送行。她的坟，就在那座残存的、非常精致的门楼正对面，那座望得见的小山坡上……

古祠的眷恋

　　它平凡得犹如沧海一粟，深埋在皖南山区的一座村庄里无人知晓……

　　那还是 1974 年夏天，我和两位朋友坐在大货车驾驶室的顶棚上去黄山玩。当货车在一座山顶上抛锚时，我拿起军用望远镜向山下望去，哇！好大一片村庄，徽派建筑群重重叠叠，青砖黛瓦、飞檐翘壁、袅袅炊烟，宛如人间仙境一般。我当时就暗暗下定决心，今后有机会一定要来这里创作，一定能拍到佳片。查看地图，我记住了它的地名：三阳坑。

　　1990 年 10 月，刚走马上任杭州市摄影家协会驻会秘书长的我，带着几位会员乘长途汽车来到这里，仿佛一下子穿越了时光隧道，进入这与世隔绝的、原生态的天地里。随着相机快门声的不断响起，我们一行穿梭在迷宫一样的古宅老巷中……突然，一阵琅琅的读书声从深巷的远处传来，我们循声寻去，一座古色古香的飞檐门楼出现在眼前，牌匾上书写着"歙县中村小学"。进得门来，是一座古色古香的祠堂，推开祠堂大门一望，我们惊呆了：祠堂里整整齐齐坐满了好几排学生，

祠堂小学的学生读书非常用心。摄于 1991 年 11 月

时值正午，一缕阳光从对面屋顶上倾洒下来，在冉冉炊烟的笼罩下显得分外明亮。一位身着朴素的女教师正在黑板上写字，阳光洒在这位女教师和学生们的身上，简直就是一幅天然的美丽画卷。我急忙掏出新购的、装着黑白卷的尼康 FM-2，卸下机身上的二十毫米超广角镜头换到彩色机身上。我的经验告诉我：必须彩色、必须超广视角。那个年代用彩色负片是非常奢侈的，因为拍完后不像黑白那样完全可以自己洗印，是要拿到彩扩店里花钱洗印的。当我从取景框里看到这逆

孩子们很爱惜学习用品。摄于 1991 年 11 月

光效果非常棒的画面时，胸有成竹地按下两张后，把二十毫米超广角镜头从我的相机上取下，交给站在我身边的海森，并从我的摄影包里取出星光镜交给他，让他站在我同样的角度也拍一张。海森当时刚当选杭州市摄协的理事，有个别会员向我反映说海森没有像样的获奖作品。在那个以获奖作品排座次的摄协初级阶段，这是个问题，我也把这个意见向海森匿名转达了，所以眼前是个很好的补救机会。当晚，我们住在大埠长途汽车站公路边八块钱一个床位的大埠旅馆里，我买来当地的土烧酒和花生米，预祝海森获奖……果然，海森这幅取名"阳光下"的作品一举夺得全国富士胶卷杯摄影大赛的金牌，获奖金两千元。海森豪爽地在楼外楼摆了一桌，算是对我的酬谢。

那一年旗开得胜后，三阳坑中村祠堂小学一下子出名了，每年我们协会的秋季创作，我都要带会员们去那里摘金夺银，几乎每年都有

孩子们在观赏我们为他们拍摄的照片。摄于 1992 年 11 月

长途汽车内的车况。摄于 1993 年 11 月，杭州至歙县长途汽车上

获奖喜讯传来。而我作为协会摄影创作的组织者，深知不能在摄影比赛中与会员们一争高下，于是开始了另类地、独自地思考和拍摄，所以我来到了这位女教师极为简陋的备课办公室。她叫洪杏华，是民办教师，这个祠堂小学原来是洪氏祠堂，因为村里没钱盖校舍，只好把学校办到祠堂里。她教的四十多名孩子是三个年龄段班级凑在一块儿的复合班，分学前班、一年级和二年级。大家都挤在一起上课。洪老师教一遍学前班，再教一遍一年级，再教一遍二年级，再回过头去教一遍学前班，如此反复着……孩子们没有体育课、音乐课、美术课等，下了课就尽情地在祠堂里玩耍。她当时三十六岁，已执教十年，月津贴才四十多元。丈夫是退伍军人，长年在外跑运输。她有一个儿子和一个患有脑封闭症的侄儿要抚养，不但每日三餐饭要做，而且还要养猪、种菜……为了能转为公办教师，她还要抽出时间去休宁师范学院进修。有一天中午，我提出要到她家去吃中饭，她非常欢迎，要骑车去老街买点肉。我说不用麻烦，你们家吃啥我就吃啥。说完，她就让我坐在

洪氏祠堂梁上的牛腿。摄于 1991 年 11 月

洪氏祠堂的石刻非常精美，这里成了孩子们的乐园。摄于
1991 年 11 月

课间休息。摄于 1991 年 11 月

洪杏华老师中午下课后还要骑车回家做饭。摄于 1994 年 11 月

《阳光下》，摄于 1990 年 11 月，安徽歙县三阳坑中村祠堂小学

洪杏华老师在备课。摄于 1994 年 11 月

洪杏华老师在烧菜，她丈夫在烧火。摄于 1994 年 11 月

洪杏华老师家里养的猪。摄于 1994 年 11 月

"贫困地区义务教育工程"终于开始动工。摄于 1995 年 11 月

她自行车的后座上骑车去了她家。车过老街，正好遇到会员们在隆华饭店门口坐着等开饭，一阵哄笑被她甩到了车后⋯⋯

　　她家的伙房和猪圈连在一起，破旧的几乎是危房。她丈夫正好在家，老远见到妻子带着一位身挎相机的陌生男子，他十分惊讶。洪杏华向他介绍了我之后，他立马拿出了一瓶当地的土烧酒，并帮她烧火，她非常麻利地炒了一碗自家地里种的萝卜和一碗炒黄豆。我就着香喷喷的黄豆，和她老公喝完了整整一瓶土烧酒、说了整整一桌子的话。

　　年复一年，一批又一批会员因在这祠堂里的创作获奖，成了省级或国家级摄影家协会会员，有的因此评上了职称、加了工资、分到了房子⋯⋯海森还考进了某省级报社当上了专职摄影记者。可是这座洪氏祠堂却没有丝毫改变，我们这些家伙为这所祠堂回报了什么呢？除了给孩子们带来一些学习用品、书籍外，什么都没有。而这所祠堂，

这是另一村的祠堂小学门口。摄于 1996 年 11 月

逐渐成了危房……记得早几年来的时候，祠堂的老保管指着祠堂上那两个硕大的狮子滚绣球的木雕牛腿向我炫耀道："城里收古董的出价每只五百块，我都没卖给他。"

一晃十六年过去了，我为了协会的工作，每年不得不带着一批又一批，甚至是全省的部分骨干会员来这里创作。同时，我的内心也越来越感到内疚，因为不公平。我们这些家伙在这里"扫荡""摆拍""导演"了不少"佳"作，洪老师为了让我们尽情地创作，甚至完全停课。我当时逐渐看清了和获奖完全相反的另一条路，就是用我这些年拍摄的照片，把这所祠堂小学的一切报道出去，让更多的人都知道、都来关心。2007 年，我的《憾系古祠》系列作品终于在《中国摄影报》举办的专题纪实摄影作品比赛中获得年赛佳作奖第二名，我的这些思考终于发出了和获奖相反的声音。之后，我又在《摄影周刊》《华东旅

墙上的标语。摄于 1996 年 11 月

游报》等报刊上，以"山村教师洪杏华"为题发表系列照片，并把这些报刊的复印件寄给洪杏华。我不知道是否因为我的这些报道引起了有关方面的重视，但我终于看到三阳老街中段的北面很大一片土地上筑起了围墙，拉上了"贫困地区义务教育工程"的横幅。当我拍下这里最后一张挂着白色横幅的照片时，我的双眼湿润了，为了这座祠堂、为了这群孩子们、为了"洪杏华"们，也是为了我这颗遗憾而内疚的心，我感到了些许的安慰。

锻
与
铸

红星大队的故事

崇 明

1972年我在继父战友的帮助下，从黑龙江生产建设兵团把户口迁到老家山东，再迁到余杭县（现余杭区）云会公社红星大队。我被安排住在大队部的一个小阁楼上，一个人，非常孤独。

一个当地小孩常来我这间小阁楼和我做伴。他叫崇明，小学还没毕业就不读书了，和大人一样干农活，插秧、割稻、耘田、挑担，样样会做，甚至连江南水乡不可或缺的摇橹、捻河泥都会，比我这个二十多岁的大小伙子强多了。我在他面前反而像是个啥也不懂、啥也不会的小弟弟。他很帮我，常为我出头讨公道，有几个当地小孩嘲笑我不会这、不会那，他竟会出面训斥他们。

记得有一天下大雪，我正为午饭没有着落犯愁，他突然来敲我的门。我打开门，只见他打着一把巨大的油布伞，请我去他家吃午饭，我感动地不知说什么才好。于是我认识了他父亲，一位不干农活的老人，在当地算是有文化的。这一天他喝了点酒，问我："你知道

崇明。摄于 1973 年

农村里的人最盼望的好日子是什么样的吗？"我说不知道，他把下巴往上一翘道："房梁上挂只火腿！"我抬头望上去，果然高高的房梁上有只大铁钩子，这难道是专门用来挂火腿的吗？我不知道，于是问："你这梁上挂过火腿吗？""老底子么，不空地！"我当时趁着酒兴心里暗想，啥时候我回杭州买一只送他挂挂。我们家是北方的，从不吃火腿的。回到杭州我还真去南货店看过，一只火腿居然要二十多元钱，巨款哪！我两个月的伙食费啊！后来我问沈会计："崇明他家老底子房梁上常挂火腿吗？"沈会计笑道："一只火腿挂十多年，只看不吃的，江南都有这个风俗。"

　　为了记住崇明，我从极珍贵的胶片中匀出一张，为他拍了这幅照片。

莲藕丰收

　　杭州有一款名小吃"西湖藕粉"，儿时经常吃。因为我家有兄弟姐妹五个，粮票不够，母亲就常买藕粉来补充。记得那时候的西湖藕粉是浓浓的、稠稠的，色泽透明，吃到嘴里香香的、滑滑的。如果撒上桂花糖，那更是香甜可口。每次吃完了，必要伸出舌头把碗、勺舔得干干净净。吃藕粉最关键是冲泡，在家都是母亲冲泡好了给我们，我们不知其中奥妙。长大后赴黑龙江兵团支边，临行前，母亲在我的旅行包里塞进两盒西湖藕粉，说肚子饿了可以冲泡了喝。可我就是冲泡不好，老是冲得一块一块的，成不了糊，全糟蹋了。回杭探亲时向母亲请教，才知道藕粉要先用少许冷开水浸润，用勺背用力将藕粉碾成糯糊状，再用滚开水，一边搅动藕粉糊一边慢慢

杭州知青陈梦林（右三）在藕塘里和贫下中农一起劳动。摄于 1973 年

冲下。后来我不知试了多少次，就是不如母亲冲泡得均匀、稠厚。

知青大返城时我回不了城，只能在离杭州城五十公里外的余杭县塘栖区云会公社红星大队插队落户。那是个百塘之村，到处是水塘，水塘里全都种的莲藕。后来才知道新中国成立前这一带的"三家村藕粉"名声几乎和"西湖藕粉"齐名，但产量高多了，几乎全部销往上海。新中国成立后公私合营，统购统销，便取消了"三家村藕粉"的商标，统一叫"西湖藕粉"。

红星大队每年夏天过了、莲蓬收了、秋风起了，就要翻塘收获莲藕了。先是几架或十几架脚踏水车没日没夜地车水，把水塘的水抽干，然后社员们就卷起裤管下到齐膝深的泥塘里。先把荷叶割了，再用脚踩，用手挖出脚下踩着的莲藕，然后挑到另一个水塘里洗净、装船，运往加工厂。那一年是 1972 年，莲藕丰收，全大队的男女老少和我们知青齐上阵，一连干了好几天才收光。

搞定沈书记

那时，各省、市、县、区、人民公社都成立了革命委员会，造反派作为新生力量掌握着各级革委会的主要领导岗位，成为一把手。老干部们作为配角被结合进领导班子。红星大队也不例外。一把手是党支部书记，他很年轻，姓沈。

听大队知青私下里议论，说红星大队刚被杭州招工抽调上去的一位知青是沈书记的朋友，他走了以后，原先他手腕上那块三十元的紫金山无钢表戴到了沈书记手腕上。那年代手表可是"三转一响"之冠，是有工作的城里人生活条件的最高配置，农民连饭都吃不饱，手表是想都不敢想的，知青当中多半也没有手表。

我妈的战友叶青叔叔，神通广大，不知道通过什么关系认识了云会公社医院的王医生。王医生也是山东人，认他作亲戚后，我作为回乡知青投靠他，没人会怀疑。而王医生和红星大队副书记陈国来关系不错，叶青叔叔还从浙江省生产建设兵团后勤部搞来一吨日本尿素和两吨螺纹钢等紧俏物资作为回报，于是我就被落户到了红星大队大队部。沈书记是位标准的"泥腿子"书记，总见他光着双脚，裤管卷得老高，水田里上来也不洗泥，走东家串西家忙得不得了。我看他手腕上是没有表的，心想或许是知青因抽调不上去瞎说的。可那一天沈书记突然约我上他家吃晚饭，书记请知青吃饭那可是天上掉馅儿饼的事啊！

　　"小王！我们红星从来没有进过那么多尿素和螺纹钢啊！今后可要靠你了！"沈书记举过满满一碗黄酒对我说。我眼前一亮，只见他手腕上戴着一块表，仔细一看，哪是紫金山啊，明明是上海半钢，城

模仿大寨大队的样板照拍下的照片。挥手者是大队党支书沈来华。摄于1972年

里要凭工业券再加一百元哪！那时候学徒月薪才八元。

　　"哪里，哪里！沈书记今后可要多多关照！"我发现他的双眼一个劲地往我左手腕里钻，我戴的可是我父亲淮海战役上缴来的全天候国际时间表，瑞士产，还带夜光，全余杭县也找不出第二块。我的心跳开始加快。"来来来！你这个朋友我交定了，今后你就是大队采购员，不要干农活了，专门搞水泥钢筋化肥去，工分按全劳力照记！"他一口气又喝干了一碗。我不知道如果有朝一日我被招工回杭，这块表是否又要到他手腕上了？

　　"我其实不叫现在的名！"沈书记喝得两眼通红，直直地看着我说："叫雷华，我母亲说生我的时候天上打雷……"后面的话就听不清了。那一晚我怎么也睡不着，心想得想个办法搞定了他，省得他老操心我这块表。我想到了政治，对！政治挂帅！

　　于是在我的亲自导演下，召集大队党支部全体支委，再加上大队会计等，按照大寨大队的样板照，拍下了这张照片。然后放大五英寸，每一位党支部委员一张。他们这辈子从没被这么重视过，这不亚于要上《人民日报》头版。我趁机对沈书记说："千万不能忘本，要沿着毛主席的革命道路一直走下去，要狠斗私心啊！"他没话说了，接过照片时，双手是颤抖的……

打倒林彪！打倒孔老二！

　　1972 年，当城里的武斗如火如荼之际，在一个阴天的黄昏里，京杭大运河杭州段塘栖云会公社纽家塘的河堤上，走来一位青年。他行装简朴，衣着陈旧，但是在他那心爱的军用书包里，却装着两台照相机：一台是他从黑龙江带回的"海鸥"4B 双镜头反光，另一台是他继父的

"打倒林彪！打倒孔老二！"标语。摄于 1972 年

苏制"卓尔基 –6"，和一堆黑白胶卷处理品。

那个人就是我！

没有人给我布置拍摄任务，也没有任何媒体会接受我的投稿。可我三年下来坚持拍摄了数百张照片，而且这些底片都被我保存到今天！

这是其中的一幅，现在想想真是难以相信。当时我只是个知青，想给这个我经常去买烟酒的供销社拍照，好寄到《浙江日报》，而且跟他们说可能报社会因此发现我这个人才，并改变我的命运。他们便很自觉、很主动地布置了这样的场景，让我拍摄。

毛泽东思想宣传队

说来也许没人相信，那时候的农村青年是不能自由恋爱的，基本上是换婚。姐姐或妹妹必须为自己的哥哥或弟弟做出牺牲，听由父母安排，和本村或别村的有姐姐或妹妹的男子结婚，以换取那位男子的姐姐或妹妹嫁给自己的哥哥或弟弟。那时候村里根本没有文艺活动，人们除了干活就是吃饭、睡觉。

为了丰富村里的文化生活，我在全大队挑选了最年轻漂亮的青年男女成立了"红星大队毛泽东思想宣传队"，我自任总导演，并天天排练到深夜，白天睡大觉照样拿全劳力工分。春节到公社参加汇演，捧回好几个奖状。

可还是出事了，一天凌晨四点，那位宣传队的男台柱从女台柱的闺房窗户里刚爬出来时，就被十几双长满老茧的手紧紧抓住，五花大绑。问他："改不改？""不改！""后不后悔？""不后悔！"按照当地的老规矩，对这种通奸者最严厉的惩罚是扔进粪缸。可这十几位长者以抬不动他为理由，改判用粪勺往他头上浇粪。偏又让一位年纪最大的老者来执行，那个老者把粪勺在粪缸里搅了半天，结果勺底朝天舀上来就往男台柱头上浇，当然啥也没浇下去，只滴了几滴粪汁。绑着男台柱的好几双手立马就松掉了，那男台柱就像头豹子一样窜到河边，一个猛子扎了下去……后来我问那老者："为啥不狠狠地浇他？"老者说："年轻人这种事难免的，真要浇他一头粪尿，要倒一辈子霉的！"

第二天，我见到男台柱问："怎么样？""合算的，便宜总算让我赚到了。"不久，男台柱便离乡出走，不知去了哪里。女台柱也被嫁到很远的地方，宣传队也不欢而散了……

这张当年红星大队毛泽东思想宣传队的合影，因为总导演兼了摄影，

红星大队毛泽东思想宣传队成立。摄于 1974 年

所以不在其中。

我打算重回"钮家塘",召集原宣传队的男女队员再在原地、原位拍一张集体合影。我想让红星大队的故事延续下去……

沈会计

沈会计是塘栖中学高三的高才生，毕业时面临着"穿皮鞋还是穿草鞋"的抉择。就是说，考上大学今后就穿皮鞋，考不上只好穿草鞋。他说他从刚进入中学校门时就牢记这句话，于是拼命学习，因为他认为读到高中毕业还回农村老家，是人生的退步，否则还念什么书？要念就是为了穿皮鞋而念。到了高中毕业临考大学时，他胸有成竹，而且目标非清华北大莫属，因为他的成绩名列塘栖高中前茅，所以许多老师都给他下了保票。可谁知他高考那年正好遇上"文革"，大学不

沈会计在算账。摄于 1972—1975 年

沈会计在接受各小队记分员报账。摄于 1974 年

办了！他为穿皮鞋奋斗了大半辈子，最后还是只能穿草鞋。他回到红星大队当了会计……

我和他一拍即合，两人凑到一起就喝酒。多少个夜晚，我和他喝得天昏地暗，为邓小平复出举杯庆贺，为邓小平被打倒惋惜。

他在大队可是内当家，除了沈书记就是他说了算，他的外号叫"小平"，不仅因为他长得矮小，更因为他处事精明。我为他拍的这组照片，他至今还没见过呢！

阿　凤

来到红星大队我才知道，当地的贫下中农根本看不起我，因为我不会种田（插秧）、不会挑担、不会捻河泥、不会摇橹、不会割稻，不会踩地力……曾经的原沈阳军区黑龙江生产建设兵团带岭武装连的排长，在这里竟然一文不值。好胜的我，曾好几次跟他们比割稻，结果割破手指，还是比不过他们。越是比不过越是被他们嘲笑，因为在他们眼里，干农活的好手才是受人尊敬的。

可是，有一位女性却很尊敬我。她叫阿凤，是大队的妇女主任，丈夫也是村里的，但当兵去了。在那个自卑的年代，能受到一位大队干部的尊敬是很荣耀的事。我住在大队部的楼上，大队干部开会就在我脚下，听得一清二楚。因为阿凤是大队干部中唯一的女性，因此，男干部开会时经常争先恐后地用下流话挑逗她，而且要比田里听到的那些下流话露骨多了，有时候甚至动手动脚……我才知道女性即便当上了大队干部也是受气的。有一次晚上我在大队部门口的拐角，看到一位男干部和阿凤从大队部里出来，那男干部见四处没人就抓住阿凤要摸，被我大声呵斥。从此，我和阿凤的关系就更进了一步，她经常

阿凤穿的衣服是用自己织的粗布做的。摄于 1973 年

我把阿凤叫到荷塘边拍照，可另一位女赤脚医生非要凑上来一块儿照。摄于 1975 年

飒爽英姿五尺枪，阿凤排在第三位。摄于 1975 年

到大队部楼上我的房间来和我聊天,甚至还要为我洗棉被或床单什么的。
后来她要我组织大队文艺宣传队,我一听就来劲了,她找来大队团支
书阿相,一商量就真组织起红星大队毛泽东思想宣传队来了。阿相从
团费里拨出三十元钱和我一起到杭州买乐器。年轻人争先恐后来报名
参加。从此,红星大队的夜晚再也不是死气沉沉的了,二胡声、快板声、
锣鼓声、笛子声、男高音、女高音此起彼伏。我是白天睡觉、晚上排练,
又编又写又教。在公社的汇演上一举囊括一、二、三等奖。

从此再也没有嘲笑我的目光了,更多的人开始像阿凤那样对我尊
敬起来。

阿　才

我成了大队的"采购员"后,不干农活照样拿工分,而且是大队书记、
生产队长家酒桌上的常客。我又会照相,又会喝酒,又会吹牛,因此

被社员和大队干部们看作是神通广大的人——该生产大队从未一次性调拨来这么多紧俏物资。大队会计沈振扬也常在他家设"宴"款待我。一把青菜、一碗炒黄豆就是好菜了,酒是三毛钱一斤的黄酒,黑心的供销社售货员还要往里掺水,匀出来的开磅酒自己偷偷享用。沈会计见我好酒量,就不止一次地对我说:"这附近有位乞丐,不讨饭,专门讨酒喝,或讨钱买酒喝,是个酒鬼。"我说:"自己都不够喝,还给他喝?"沈会计说:"比如我们现在在喝酒,他来讨了,总要倒给他半碗的,我们不喝酒时,他从门口走过是不会来讨的。嘻!人到了讨饭这一步,也就到了生活的最底层了,总要给他一点的。他叫啥不知道,就知道叫阿才,本来是四类分子,被民兵打得要死,大年三十都没得休息的,要筑路铺煤渣,雪落得那个大哦。后来他吃不落了,干脆讨饭啦,也就解脱了。""那他妻儿老小呢?"我问。"哪个晓得?总走开了啰!"

这一年秋天,大队副书记陈国来家的大儿子结婚,派人来叫我去吃喜酒。那是我到红星大队以来第一次吃喜酒,知道要送红包但不知道要送多少,就问沈会计,沈会计说:"不一定的,一般都是一块的,但要两张五角纸币包的,不作兴一张的。你和国来要好,总要两块才行。这里结婚红包最高就是两块了,没有再高的了!"我就封了个两块两角两分的红包,并写上自己的名字,换了一身新衣服去了,我知道当地喜酒要喝一天的,从中午一直喝到晚上。进门后先将红包送到一张八仙桌上,有两人专门坐着记账,当我随便找了个座位坐下时,就听到一声喊:"小王,两块两毛两分!"全场一阵骚动,国来马上过来把我拉到上旺头和他并肩而坐。我听到大家在议论:"小王见过世面,这两块两毛两分是有讲究的,是出头的意思,大吉大利啊!"沈会计也来了,他看到红榜上公开的红包账目对我说:"你排头一个,你现在的地位是最高的，酒尽管喝！"我远远看过去大厅里摆了十多桌，可有一张桌子特别小也特别矮，而且放在门外，没有凳子。沈会计告诉我说，那张矮脚桌是专门给乞丐准备的，当地的风俗是喜宴上来乞讨是不能拒绝的，但也不能进门，就在门外的那张矮脚桌旁席地而坐，专门调度送菜的主妇就会把桌上吃得差不多的剩菜端到门外那张矮脚桌子上去，还要送碗酒给他喝。

好不容易等到开喝，我先自灌了三大碗。也不知道什么时候门外那张桌子边上坐了一个人，穿得破破烂烂的。沈会计说："呵呵！今朝阿才也来哉！"我才知道他就是那位只讨酒、不讨饭的乞丐。我站起身，端着酒碗就走了过去。国来老婆过来拉我，说："你怎么和要饭的坐在一起？"我说："今天来的都是客人，没有穷富之分！"她忙改口说："对对对！！！"就不拦我了。我走到阿才面前和他一样席地而坐。这时我才看清，他身材不高，一头乱发，都凝成了一块一块的。乱发下是一双混浊的眼睛，眼角挂着白色的污垢，几个月没洗脸，脸上看不到皮肤，只看到层层硬壳。衣服是破棉袄，大块大块的黑棉花露在外面，腰上缠着一根草绳。膝盖以下全裸，鞋是一双破套鞋。他对我的入座十分惊骇，拼命向后挪着身子。我掏出一包大前门抽出一支递给他说："我是刚来的小王，回乡青年，今天是大喜的日子不作忌的，你尽管吃！"他看了我好半天才哆哆嗦嗦地双手接了过去。"叭！"我把从东北带来的大揭盖儿打火机打开伸到他眼前，他竟像触电一样站起身来，忙弯下腰用双手托着烟，长长地吸了两口后，伸出他那右手的无名指在我的左手背上轻轻地点了两下，然后拼命向我点头。我走南闯北，还是第一次遇到这样私密的礼节。国才老婆这时端来了几碗盛得满满的红烧鸡块和炒三鲜，外加热腾腾的一壶黄酒。阿才眼都直了，紧着吃、紧着喝。几杯酒下肚后阿才来了精神，自己动手从我桌上那包烟中抽出一支，拿起旁边放着的大揭盖儿打火机，右手指一个漂亮地反打，左手大拇指高翘迅速护住火苗，斜叼着的烟微微一低，抬起头来烟已点燃，那动作干净利落、派头十足。只见他抬起头向着天"哆"地吐出一个浓浓的、圆圆的烟圈，那洁白的烟圈柔柔地、缓缓地向上飘去，这时阿才再深深地吸了一口烟，凑上去，把嘴撅成个鸡屁股样，用右手的无名指很有节奏地飞快弹着右腮帮，一个个小烟圈从口中吐出来，从大烟圈中间穿过。"好啊！这叫真本事！"沈会计手端着一海碗黄酒，站在我身后大声道，他也来凑热闹了。阿才见人多了，便来了劲，睁着通红的双眼大声地说："我年纪轻格辰光，拉哈上海滩开奥斯汀的。"我还以为他是酒喝多开始吹牛了。没想到国来也趁着酒兴过来道："阿才，听说你新中国成立前在上海滩是开妓院的，妓女总是每天夜里有得困的哦？""哈哈哈！"大伙儿哄堂大笑。"你们不晓得，我开的是长衫堂子，不卖身的，不卖身的！"阿才涨红了脸拼命争辩。"你嘎老实，啥人相信。""开妓院哪有不卖身的？哼！""你是老板啊？你要困哪个，哪个敢不跟你困啊？嘻嘻！"大伙儿七嘴八舌地议论起来。国来大声道："阿才！你老实交代！到底有没有困过？不老实再捆起来吊到大队部去，你相不相信？""没有困过就是没有困过，打死我也不相干的，过去开堂子是有规矩的，哪好乱来的呢？又不是开妓院。"我发现阿才有些激动，因为他端着酒碗的手在颤抖着。国来仍穷追不舍地道："格么你交代过的，妓女坐在你大腿上，瓜子肉儿磕出用舌头摆到你嘴里，总是有的吧！""格是生意不好的辰光，姆妈叫我在橱窗门口摆摆样子招揽顾客的。"国来他们看看没什么好闹的了，就纷纷散去，又只剩下我和阿才两个。我提起那把盛黄酒的大茶壶，给阿才的酒碗和我的酒碗都洒满后，端起自己的碗和他的碗碰了碰，一口闷下，抹了抹嘴问道：

"我相信你没和她们困过，但相好的总有的啰？"阿才来了精神，端起酒碗一仰脖子，喝一半，漏一半，而后凑过来神秘地对我说："有眼力！告诉你，一个还不止呢！"他打着酒嗝道："谁不想跟我从良，哪怕做个二房也好。可姆妈看得紧，不让我和她们好的，说她们命不好。哎！女人家到了这一步，也是做人做到底了，罪过相的，不好再去寻她们开心，弄讼她们的。""那你没有老婆啊？""哪里！儿子都有两个呢！新中国成立前我叫老婆带着两个儿子先去了美国，我想晚一步去的，都是为了那栋小洋楼，二十根'大黄鱼'啊……"

这一年的冬天，雪下得特别大，鹅毛大雪一连下了好几天。这一天晚上，沈会计请我到他家去喝酒，只见他把炉子烧得通红，一把大茶壶放在火炉上面，里头不是水，是黄酒。"落雪天黄酒要喝得烫，但不能滚，滚了就没有酒劲了！今朝有好菜，不敢独享，特邀王兄。""什么好菜？"我忙问。"不要急，我老婆在烧，我们先慢慢喝起来！"几口烫黄酒下肚，一把烘青豆慢慢地嚼着，浑身舒坦。不一会儿他老婆端上来一只青花大碗，定睛一看，啊！红烧鲫鱼两条，这可是神仙享用的江南佳肴啊！酒过三巡，老沈突然想起来道："哎！你晓得吧，阿才死了！""什么？就是那个不讨饭、光讨酒的阿才？""就是他，昨晚去的，今早在破窑里发现的，大概是酒喝得太多醒不过来，活活冻死的，发现的时候人都实硬了。"我顿时觉得酒菜变得索然无味，心想：要是当年他撇得下那栋小洋楼，跟老婆孩子一起走了该多好啊！

摆　拍

自从我的当兵梦因超龄化为泡影后，我又开始了第二个梦，当一名摄影记者。

　　我想我绝不会在农村待一辈子的，因为我会摄影，这在当时是一门非常稀有的技术。尽管我不会干江南的农活，社员们经常嘲笑我，但还是有个别人对我十分欣赏。有一位富农的独生女高中毕业后一直待在家里，她爸老请我去他家喝酒，混熟了以后终于说出他的心事，想让我做他的入赘女婿。"你什么都别干，只管拍你的照片，我和我女儿养你……"说心里话，我还真动摇过，二十四五的大男人，有毛病的才不想女人。可我还是拒绝了，因为我觉得我应该是一名摄影记者，哪能在农村待一辈子呢？

　　从红星大队回杭州要步行十里地到良渚，再乘公交车两毛七分钱到杭州。回杭州绝不是贪图享福，而是跑《浙江日报》和浙江省摄影展览办公室的记者、领导，以拜师为名，替他们干活儿、帮忙，最终

插秧。摄于 1975 年

目的是想进报社当一名摄影记者。那时候报社的老记者我基本上都认识,他们一点架子都没有。像《浙江日报》的摄影部主任肖峰,老记者徐永辉、王奎元、袁善德;浙江省摄影展览办公室主任谭铁民,副主任黎纳、吴根水;红太阳展览馆摄影部主任戚心安;杭州市工农业生产建设展览馆摄影部主任潘文甫,等等。我最敬重的是黎纳老师,他是浙江幻灯制片厂的原党支部书记,整个浙江省摄影界数他资格最老,延安时期就是新华社记者,跟石少华、吴印咸、沙飞、吕厚民等在一起共事。他的代表作是《查铺》,跟吴印咸的《白求恩大夫》等名作一起被载入红色影像史册。可惜他没有多少文化,所以一直升不上去,但一直享受高干待遇。有一次我看到他跟谭铁民主任争吵,他结巴了半天才蹦出一句话:"你,你,你一个月才拿几个钱?"因为

晒谷场上。摄于 1975 年

浙江幻灯制片厂属于浙江省文化局领导，所以他认识我已过世的生父，对我特别照顾，有采访任务尽量带着我，让我给他背摄影包、扛三脚架。那时候无论去农村或厂矿采访，都是拿着介绍信先找到单位的领导，告知拍摄的重要性和要求，然后领导根据我们的要求挑选场景、安排人员。黎老每次都要特别关照，安排的人员必须成分可靠，最好是劳动模范、优秀党员。有好几次黎老等到场景和被摄人员安排好了，干脆把"哈苏"相机交给我让我拍摄，他在一旁提示，谁谁的眼睛再睁大一点，某某的神态再自然一点，手再抬高一点，等等。可我最喜欢拍摄的是场景，大场面有气派，人员调度就像拍电影一样，经常需要爬到很高的梯子或搭起来的桌面上拍摄。黎老经常教导我，这胶卷就像子弹，必须节约，千万不能浪费，尽量做到张张保险，所谓保险就

水利建设。摄于 1975 年

是要拍得张张清晰，符合要表现的主题。回到红星大队我就按照黎老的要求，大肆摆布，拍摄场面照片。崇明自告奋勇当我的助理，搬梯子，吆喝这吆喝那……拍完后，回杭州冲洗、放大、烤干、装裱后还要配上文字，很认真地拿给这些记者们看，请他们提意见。黎老最认真，几乎对每一张照片都有评论，赞扬和批评兼而有之……

《急诊》

在良渚镇的丁字路口的大路右侧有一排平房，墙面和门窗都是木板做的，很老旧。第一次见到她，是那一年的夏天。我挨着那座平房走着，忽然一扇木门"吱呀"一声推开了，走出一位身材高挑的少女，穿着短衣短裤，洁白的皮肤一下子吸引了我。两人挨得那样近，她似乎感觉不到我的存在，若无其事地转过身去关上门，随后光着脚绕到屋后去了……我仿佛遇到了天仙一般，傻眼了。一路丢了魂似的，不知怎么回的杭州。从此以后，每次往返杭州和红星大队，路过那排木屋、那扇木门，我的双眼就像磁铁一样盯牢不放。可是那木门总是紧闭着，再也没有打开过。但我不死心，经过时依然保持着渴望的目光。

有一天红星大队来了一位县里的摄影干部，推着一辆加重自行车，脖子上挂着一台刚刚生产的"海鸥"DF单镜头反光照相机，后车架上是一个巨大的摄影包。沈会计把他领到我住的大队部。"他就是拍照的小王。"沈会计向他介绍。我才知道他叫李耕书，是余杭县文化馆的专职摄影干部，不知从哪里获知我会摄影，专程从临平城里赶来找我，因为县里要成立工农摄影创作学习班，要办摄影展览，需要人手。很快，我被借调到县文化馆参加了摄影创作学习班。

余杭县工农摄影创作学习班合影。摄于 1974 年

　　说是学习班，实际上就是下乡采访、办展览以及参加市里和省里
的摄影展览。在班上，只有老李和我是能够独立完成采访任务的摄影
师，其他学员只是给我们当助手。重点采访任务，则是全班人马出动。
那时候余杭县五常公社有一位省级劳模，是我们重点采访对象。场景
和被摄人员都安排好后，老李问我有没有问题，因为他知道我跟黎老
的关系。我说："是否能侧面拍摄？用慢门追随拍摄法来体现动感？"
当场就被老李否定！"正面人物必须正面拍，怎么能拍侧面呢？"老
李正色道。我也就没说什么了，整个拍摄就老李和他们忙乎，我提不

起精神，因为太千篇一律了，都是一个套路。没过多久，老李告诉我，这张题为《五常在前进》的作品入选1974年浙江省摄影展览。他用了笔名"耕杭"，还专门送了一张原作小样给我留作纪念。

有了空白的县文化馆采访介绍信，相机里装的是"南方"正品120胶卷，我整天想着如何拍出高水平的作品。我终于想到了她，良渚镇那排木屋，那扇木门……一切都是那么顺利，也是一个夏天，

我和学员们在讨论作品。摄于1974年

摆拍"急诊"。摄于 1974 年

那扇木门终于被我敲开了。就在那木屋的后面的桑树林里，她按照我的要求，从大队部借来医药箱，戴上草帽，脖子上围着毛巾，将刚换上的新衣裤的袖子和裤管卷起，那双雪白的双脚还必须到泥塘里沾上两腿泥，然后在田埂上来回走。追随拍摄法是我从摄影书上学来的一种高难度拍摄方法，使用 1/30 秒以下的慢门，镜头要跟随移动的人，而快门必须在移动中按下，以造成主体人物清晰、背景

赤脚医生。摄于 1974 年

模糊的动感效果。成功率非常低，很浪费胶卷，如果黎老此刻在我身边，是绝不会让我这么糟蹋胶卷的。一卷十二张，我用十张来抓捕这一个场景，剩下两张拍了她的半身像。直到太阳西下才收工。

　　回文化馆冲洗出来一看，有一张追随极其到位，人物清晰，背景模糊，动感非常强。立马进暗房放大，果然效果惊人。我欣喜若狂，问老李是否能参加下届省影展？因为那时候选送作品必须一级一级往上选送，不接受个人投稿的。老李看了后问："她叫什么名字？"
我告诉了老李。第二天老李对我说，打电话去良渚问了，她家庭成
分富农。我瞬间崩溃了！心想这余杭县怎么这么多富农？而且还都
让我遇上了。后来每次经过良渚那排旧木屋我都绕着走，生怕她从
那木门里走出来问："照片登了吗？"

返城后，随着改革开放的到来，香港电影、画报逐渐进入内地，
被我们如饥似渴地欣赏着。那时，陈复礼先生办的香港《摄影艺术》
杂志被我们内地摄影发烧友视为最高艺术殿堂。我始终忘不了这幅题
名《急诊》的作品，因为在当时这是我最得意的创作成果之一。我把
它重新放大后寄给了香港《摄影艺术》杂志。终于，一本厚厚的挂号
信寄来，我的作品《急诊》发表了！那是我第一次在境外发表作品，
喜悦之情，不言而喻。后来我调入杭州市文联出任杭州市摄影家协会
驻会秘书长，这幅作品起到了关键的作用。

但我一直没有忘记她，没有忘记当年木屋后桑树林里那段愉快的
时光。有一次沈会计来杭州看我，我特意将《急诊》的放大照片和香
港《摄影艺术》复印件并附上我的信，一并托付他去良渚找她面呈。
沈会计很快打来电话说，非常遗憾，她早已出嫁，很少回来，他把我
的信和照片留在了她娘家。不知他们后来寄给她了没有？

从此，再也没有得到她的音信。

阿 英

阿英是红星大队会计沈振杨的老婆，在我眼里算得上是本地一
枝花了。我的学历虽远不及老沈，但"文革"初期逍遥期间，从楼
下"毛牛"他爹史行的四大书柜里读了不少世界名著。因此我到红

沈会计和阿英的全家福

阿英在西泠印社四照阁喝茶

星大队，可以说跟老沈一拍即合。

每次去老沈家喝酒，我总是两袖清风，只带一张嘴，阿英从不嫌弃的。和老沈刚开喝时，还是很文气地"你请、我请"。等三碗黄汤下肚便开始放肆了，上骂皇帝，下咒衙役……阿英总是默默地坐在灶台边，等酒没了过来满上，从来不催我们。

我总觉得很亏欠阿英的，因此 1976 年我临回城前，特意挎着相机到老沈家门口为他们拍了张全家福。1980 年我还请老沈夫妇俩来杭州西湖游玩，楼外楼喝酒，西泠印社四照阁喝茶。也算是杭州人待客的最高规格了吧！可惜阿英享不了这个福，当游船刚划出没多远，阿英便晕船了，只好立刻返回上岸，一上岸就好了。

2017 年 2 月，老沈突然发给我一封电子邮件，是一首诗——《悼妻》：

田间地埂初相识，同命终成连理枝。

歇手我常天暗后，缝衣尔总夜深时。

体查未显凶疾在，腹剖即关无药医。

咫尺之遥古稀到，妖刀斩断万根丝！

振扬　2017.2.3

阿英跟我同岁，但她走得太早了，叹叹！也是她年轻时吃了太多的苦。读了老沈的《悼妻》才明白是年轻时落下的病，等开刀时已经晚了。幸好我为阿英在西子湖畔留下了几张笑容，也许这是她一生中唯一带笑容的照片。

老沈大儿子沈舟如今在余杭区排灌站当副站长，小儿子沈车则是余杭区书法家协会的主席。老沈快八十了，身体还行。2019 年，余

1980 年，我邀请沈会计和阿英来杭州玩

杭区仁和街道双陈村村委为我举办"庆祝中华人民共和国成立七十周年——王秋杭《红星大队的故事》摄影作品展览",沈车特地开车把他老爸接过来。老沈还能同我喝一杯,可惜阿英不在了……

梦　林

梦林是杭州知青,人很斯文,戴一副高度近视眼镜。他在第一生产小队,住在陈家角;我在第三生产小队,住在纽家塘。因为平时都在各自的小队里干活,所以很少有机会碰头,只有大队集体干活时才能聚到一起,比如水利建设、河塘挖莲藕等。他农活干得比我强,毕竟比我早插队到这里好几年。

这一年冬天农闲,我坐在纽家塘知青宿舍门口晒太阳,看见布满桑树的小道上有个人在低着头快速行走,腋下还夹着一包什么东西。定睛一看原来是梦林,我便大声喊道:"梦林!"他吃了一惊,忙停下了脚步。我三两步跑上去问:"到我们纽家塘来干吗?""啊,借书,借书!"说着,他从腋下取出一本厚厚的、包着书皮的《青春之歌》。"这可是被批判的书啊!"我正色道。"嘘!这里又没人知道,是你们村的娟子要借的。"梦林小声道。"哪个娟子?"我问。"就是村最西头那家,九来的囡儿。"那年月我刚到红星大队落户,对村里的情况一点都不了解,不知道九来是谁,更不知道还有个叫娟子的。"走!我陪你一起去。"我大声道。梦林喏喏地带着我走了。"怎么大路不走,走小道?"我问。"怕这本书被别人发现。"梦林答道。

九来家在纽家塘最西头,独门独户,方圆数百米没有人家。还没进门梦林就喊:"阿娟,小王来了。"那年月农家的门都是敞开的,鸡鸭猫狗人都可以随便进出。"哪个小王?"随着银铃般的声音,门

酒后，我请梦林到西泠印社四照阁喝茶

口闪出一位貌似天仙的少女。哇！我惊呆了：那么雪白的皮肤、那么大的眼睛……进了屋才明白，娟子屋里摆放着一台蝴蝶牌缝纫机，原来她高中毕业后就回家踏缝纫机，从不干农活的。避开了风吹日晒，所以看上去白白嫩嫩的与众不同。梦林向娟子介绍了我之后，娟子看都不看梦林一眼，把他递过来的书随手往桌上的篮子里一搁，用块布盖上，转身泡了两杯加有烘青豆的茶，先恭敬地端给我一杯。我开始晕头转向起来，心想最好阿娟中午能留我们吃饭，最好还有酒。结果是一场黄粱美梦，因为上阿娟家来缝缝补补的阿婆阿太还真不少。娟子手脚灵活，有的缝补活儿"哗哗哗"缝纫机扎几下就完了，也没见收钱。阿婆阿太千恩万谢，临走前，总要偷偷塞几只鸡蛋，或两三只自家裹的粽子什么的到阿娟桌上的篮子里……

后来我去问沈会计关于阿娟的事，沈会计告诉我，九来虽然是地主出身，但他有两个年富力强的儿子，当地称为"铁耙风"，也就是一户人家靠劳动力吃饭的鼎盛时期，两个儿子加上老子三个全劳力。娟子最小，但村里谁都不敢欺负娟子。可是问题来了，那时候当地农村青年找对象十分困难，因此换婚情况十分普遍。像娟子家这种情况就更困难了，九来把娟子像命根子一样抓在手里，要求对方家庭必须是两女一男，而且还必须是两个姐姐一个弟弟。先要把两个姐姐娶过来和娟子的两位哥哥结婚后，再让娟子嫁给那嫁过来的两位嫂子的弟弟。可是这样两个姐姐一个弟弟的家庭哪里去找？别说纽家塘，就是整个红星大队也找不出一户来！幸亏娟子踏缝纫机的手艺声名远播，加上经常上门缝缝补补的阿婆阿太的热心奔走，一托十、十托百、百托千……终于在栅桩桥找到了一家。经过两家长辈协商，定下这门两家三亲的换婚大事，娟子的两位哥哥顺利完婚，先后分出去独立成家，就剩娟子一人在家待嫁。沈会计十分神秘地告诉我，其实对方早有预防，怕两个女儿都嫁出去后娟子变卦，原本商定好俩女儿的婚事要跟娟子和她们家小儿子的婚事一起办的，可娟子以年龄尚小为由，不同意三件婚事一同办。两家都没办法，只好把俩女儿跟娟子俩哥的婚事先办了。九来答应亲家做娟子的思想工作。可没想到这一等就是两年多，娟子还是毫无出嫁的意思。九来因为有顶"地主帽子"戴着也不好硬来，于是就这么拖着……

这天晚上，梦林特地跑来请我去他的知青屋里喝酒。没想到梦林如招待贵客一般招待了我，因为早前我曾去过梦林的知青屋，故意聊到吃饭的辰光也没有离去的意思，梦林只好管饭。梦林是个很要面子的人，炒了一碗鸡蛋用了四只蛋，像个大厨一样敲开鸡蛋，连蛋壳里的残液也不用手指头抠干净就扔掉了。见到香喷喷、黄澄澄的一碗炒鸡蛋，我的酒瘾立马被唤起，忙说："我去买酒！"可梦林说："我不喝酒，你买来自己喝吧。"毕竟客随主便，我只好强忍着作罢！而这一回大不相同了，梦林主动去买了满满一茶壶黄酒，外加一包炒花生米，又炒了四只鸡蛋，照例不用手指头去抠那蛋壳里的残液……

梦林果然不胜酒力，才半碗黄酒下肚就满脸绯红。"今天请你喝酒，有一事相求！"梦林推了推快滑到鼻尖的高度近视眼镜正色道。"尽管说，别客气！"我一口气干了手里的大半碗酒爽快地道。梦林一边提起灶台上那把烫得热热的铝制大茶壶为我洒满酒，一边小声说："我跟阿娟的事，你不要跟任何人说啊！""你跟阿娟什么事？"我故意问。"借书的事。"梦林又推了推滑下的眼镜。"借书怕什么？"我又半碗酒下肚道。"倒不是为了我，是为了阿娟的名声……""你跟她有什么事吗？"我问。"没有的，你不要瞎猜！"他道。"你放心，我不会说出去的！""你要向毛主席保证！"梦林瞪大了一双红眼，翻过眼镜的上框盯住我正色道。"我向毛主席保证！"两只酒碗碰了碰，双方一口干下，梦林如释重负地倒下了。

一个隆冬的晚上，纽家塘连叔要摇船去杭州拉煤渣，事先约好送我回杭州。我上船后才发现梦林和娟子也在船上，梦林说是也回杭州，娟子说是去杭州买块布料，明晚随船回纽家塘。水泥船从红星大队沿运河摇到杭州要整整一个晚上，因为农家普遍缺乏燃料，几乎家家户户都要摇船来杭州拉煤渣，回家拌上些土和水，做成煤饼贴在房屋墙上，晒干后就是烧茶做饭的燃料了。连叔在船尾摇橹，我坐在船中间的底部，高高翘起的船头上并肩坐着梦林和娟子，背对着我。我穿着棉衣缩在冰凉的水泥船中间，屁股贴着船底，背靠着船帮，双手插进袖筒，头蜷缩在双膝上；迎着寒风，伴随着耳边单调而枯燥的"吱吱呀呀"的摇橹声，没多久我便昏昏睡去。当我一觉醒来向船头望去，只见一弯冷月迎面照着船头上紧紧依偎的两人，梦林的灰色呢大衣不知啥时候披在了他们俩肩上，两个人的头紧靠在一起……我一下子醒了，这个画面太刺激人了！那件呢大衣把我们和他们俩完全隔开了，分隔成两个世界：后边是两个孤独的男人，而呢大衣前面是两颗青春异性的心啊！对了，还有两双滚烫的手。

梦林是整个红星大队第二个被招工抽调回杭州的。从内心讲，我是很希望他能跟娟子结成连理的，但我更明白这种事的可能性几乎为零。因为娟子这边就有两个家庭的强大阻力，梦林那边的阻力也不小。因为他有个非常精明能干的母亲，曾来红星大队看望过梦林，我正好在场。他母亲对生产队的干部们说："我们梦林要请你们多多关照的哦，我对他没有其他要求，就是一点，不要找女朋友，这种大事要等他回到杭州有了工作以后再说的……你们下卯来杭州拉煤渣，一定要到我们家里来吃老酒哦！"

文　田

纽文田住在纽家塘，离我的知青屋不远。我刚来红星大队时没地方住，是住在大队部的阁楼上的。后来纽家塘的塘栖知青李豪勇抽调回城后，把他的知青屋让给我住。

文田是种田好手，放眼整个红星大队，他的插秧技术都名列前茅。当地人以种田好坏为唯一标准，只有种田好的高手才是最受人尊敬的。因此我在红星大队是很被他们看不起的，文田就是带头看不起我的人之一。他的口头禅是：勿会种田算啥男人？还经常当着众人面和我的面大声地说。我明白他这是说我，大概是气不过我跟沈书记、国来副书记、沈会计等大队干部们走得太近的缘故……

　　我也不是轻易服输的人，第一次跟他较劲是比赛插秧，我在学校时，每年夏天参加近郊农村的双抢，插秧我也是不落后的。但是跟文田相比，才插了不到两米距离就明显落在后面。我看文田的双手就跟机器一样，左手抓一把秧，小拇指和无名指就能均匀地分出均等颗数的秧苗，右手的拇、食、中三指飞快地从左手扯过分出的秧苗插入水田中……他的双眼根本就不看两只手，只盯着水田每一株秧插入的前、后、左、右的间距。只听见他右手插入水田后又抽回、再插入、再抽回的"叭嚓、叭嚓"声，水面上溅起一朵一朵白色的水花。他的两条腿也不闲着，一步一步向后跨着，节奏感很强……一排新插的秧苗，一般齐地出现在了他的面前。我就不行，两眼非要看手，分出多少颗秧心里没数，

西装笔挺的文田。摄于乙酉年（2005）春节

全靠右手去扯，再去看准秧距，插入水田还有深有浅、歪歪扭扭……我自知不是他的对手，把秧一扔，拔出两条泥腿走向田埂。"哗！"水田里的男男女女大笑起来，我生平第一次感到了羞辱。

再就是捻河泥，据说是江南最艰苦的一种农活，人要双脚站在船沿边上，双手把十字交叉的、两三米长的、底下有两个竹簸箕的竹竿分开插入河底的河泥深处，再双手夹紧竹竿，将河底满满一簸箕河泥提出水面。再分开竹竿，将簸箕里的河泥使劲抖到船舱里，还必须抖好几下，因为越是底层的河泥黏性越大，抖不干净河泥就会越粘越多，竹竿也就越来越重。河泥，是当地水稻田里不可或缺的肥料。在红星大队，不会捻河泥的壮劳力，每天是拿不到满分十个工分的。这也是江南农村为什么无法实现男女同工同酬的重要因素之一，因为女社员们没有一个会捻河泥的。我为了体验一下这江南最累、技术含量最高的农活，有一次竟跳到文田的水泥船上学捻河泥。可我刚站到船沿边上，他双脚来回晃了几晃，我站立不住，一下子就掉进河里。幸好我会游泳，冒出头来用双手抓住船沿，却怎么也爬不上来。船上文田和附近几条船上的青年们又是一阵大笑……文田见我无可奈何的样子，终于沿着船沿走过来蹲下对我笑道："想爬上来吗？喊我声师傅！"我终于尝到了"虎落平阳被犬欺，蛟龙搁浅遭虾戏"的滋味了，只得脸涨得通红喊："纽师傅！""哎！"文田大声应道，伸出了他的大手一把抓住我的右胳膊，像提篮子一样把我从河里提到了船上。

曾经的黑龙江生产建设兵团司令部武装连的代理排长，居然输给江南的普通农民？这口气无论如何咽不下去！暗想总要找个机会让他尝尝我的厉害。不久，机会来了。文田被选为红星大队水稻小组组长，晚上他在家里摆了两桌便宴，犒劳那一大帮选他的兄弟们，我居然也被邀请。我想机会来了，于是提了把铝制茶壶，到供销社买了三斤56度的金刚刺。宴会上年轻人提议向文田敬酒，我抢先站起来喊道："今天我第一个敬文田，你们不要争，但不喝黄酒，要喝金刚刺。我先干一碗为敬！"说完我一口气半斤下肚。文田正在兴头上，也不含糊，抓过茶壶给自己倒了满满一碗，也是一口干下。我忙又倒了两碗自己端起来大声道："来，好事成双！"又一碗下肚。文田这时有点犹豫了，他原以为一碗解决问题了，没想到还要干。但对我这个多次被他嘲笑啥农活都不会干的北方青年，又不肯认输，于是勉强将那一碗分好几口喝下……这时沈会计上来劝："好了好了，算啦，不要再干啦！"我看明显占了上风，于是又倒了两碗端起来道："一二不过三，这第三碗不喝下去算啥男人啊？"二话不说，第三碗我先喝下了。文田从来没见过这阵势，两眼直勾勾地盯着我，像个木头人，喝也不是，不喝更不是。这时沈会计一把抱住文田道："好了好了，不能再喝了，再喝要滚倒了，你哪里喝得过小王？他北大荒能喝一斤半呢！"文田这时像抓住了救命稻草一样，抱住沈会计就是不端碗。我道："不喝也行，那得叫我声师傅！"文田紧闭双眼，死不肯叫，我知道他酒劲上来了。沈会计忙道："快叫声师傅么好了，少吃苦头哦！"文田眼看混不过去了，只好叫了声："王师……哗！""傅"字没出口，竟大口吐起来。现场又是一阵笑声，有人道："小王扳回一局！"

后来我基本不干农活，我觉得应该发挥我的长处，就和团支书连相办起了红星大队毛泽东思想宣传队。陈家角有史以来寂静的夜晚，终于被锣鼓、二胡、笛子、快板声打破。大队里的男女青年纷纷来报名参加，文田自然也是其中的积极分子。可是他什么都不会，每次来只是看我吹、拉、弹、唱样样精通。我还带领宣传队到公社参加汇演，囊括一、二、三等奖。文田再也不敢小看我了，对我毕恭毕敬。后来文田当上了红星大队党支部书记，他跟沈书记不一样，西装领带，非常潮流，跟城里人没两样。我偷拍了他穿西装的照片，放大后送给他。他拿着照片感叹道："啊，小王我真服帖你了，怎么样样都会的？连照片都会拍，哪里去学来的？"1976年10月，我上调回杭州，文田作为支书，在他家设宴为我送行，沈会计当然也在座。文田端上一碗黄酒对我道："白酒我吃不过你，黄酒我连干三碗，小王今后一定要回来望望我们！"说完一口闷下。

乙酉年（2005）春节，我乘公交车到云会乡，已经当上了乡长的文田手里拿着砖头般的大哥大在车站等我，他西装笔挺像是迎接贵客……我们在支部书记连相家喝酒、畅谈。

2008年春，我的影友、《青年时报》副主编王芯克开车，带我去连相家采访，连相盛情招待，叫来文田、阿凤等，满满一桌。文田胖了不少，我说："文田，你的肚子倒是像个乡长。"文田不好意思地说："有啥办法呢？现在不管商量啥事都在酒桌上，我晚上经常要喝两三家酒。不去不好意思，去了不喝更不好意思。小王你这个朋友我早就看好的，我们红星知识青年有好几十个，上调回去了以后有哪个想到回来看看我们的？只有你小王还看得起我们！"在连相家喝完酒，文田非要拉我去他家住一天，真是盛情难却。

第二天，文田带我去红星大队四周看了一圈，他们乡居然也盖起了成群的商品房。"谁会到这里来买房子住？"我问。"我们这里便宜啊！"文田道。晚上，文田领我到了他家的"豪宅"，亲自下厨为我做啤酒蹄髈，那个香啊。酒过三巡，文田对我说："你的博客我经常看的，亏你当年拍了那么多红星大队的老照片，你真有脑子！来，我要好好敬敬你。"我忙道："哪里是什么脑子？纯属爱好。"

乙酉年（2005）春节期间，我回到当年的红星大队，跟村支书连相（右一）和乡长纽文田（右二）喝酒、畅谈远景规划

文田又道："我想在陈家角造一座红星大队纪念馆，你把你的老照片摆到我们这里来展出，今后你退休就全家搬到这里来住，房子我们乡给你一幢最好的……"不知道他是否喝多了。忘不了那天晚上文田老婆不在家，他非要把自己的卧室让我睡，自己睡偏房。我知道这是乡下人最高的礼遇，也就趁着酒醉，稀里糊涂睡下了……第二天起来才认真看清了文田的妈妈和他那可爱的女儿。说好下次再来，就匆匆告别了。

大概是第二年，沈会计突然打电话给我："文田走了！"我猛地一惊，忙问："什么时候走的？"沈会计道："走了好几天了，脑瘀血，他三高很严重的。"

我一连好几天都没有喝酒。

从红星到双陈

从 1972 年我来到红星大队插队落户，到 2021 年我作为荣誉村民回到双陈村，几乎过去了整整半个世纪。一切全变了：小伙变成了爷爷、姑娘变成了奶奶、土屋变成了高楼、良田变成了高铁、农村变成了城市、余杭县变成了余杭区……就连红星大队变成陈家角村后，再跟毗邻的陈家洋村合并，变成了双陈村。

对我来说，这半个世纪弹指一挥间，变化最大的，要数人们对摄影艺术认知的升华。想当初我为社员们拍照，还受到公社干部的训斥，但社员们把它当作一门很稀罕的手艺。我因为不收费，常常能蹭顿饭吃。不过那时候的人们对照片根本就没有保存意识。而我的执着，并非有什么先知先觉，仅仅是痴迷而已，连做梦都没想到摄影艺术会有今天。

壬辰年（2012）的中秋节，我在雅昌艺术网上认识了美国某杂志前首席摄影师梅建文先生，他在我的博客上看到我年轻时拍了不少美女的照片，问我："现在还能把她们邀请到一起聚聚吗？"我说："全部叫齐没可能，有几十人之多，多数人很早就失联了，但叫齐十个没问题。"梅先生说："你能叫齐五个我就到杭州来给你们拍张合影。"

2021年5月29日，双陈村党委隆重举办"庆祝建党100周年知青返乡活动"。图为当年的知青在参观《红星大队的故事》摄影作品展览。摄于2021年5月29日

结果我还真叫齐了十个，他还真赶到了杭州。其中那位被我"英雄救美"过的杭州第一位个体户干静，专程从新加坡赶来参加聚会……梅先生感慨地说："我拍了近百名世界美女，可退休后一个都叫不来，因为她们的出场费高得惊人。"

2017年12月11日，我的《王秋杭"知青岁月的影像故事"摄影作品展》在杭州金幔展览有限公司展出。时任双陈村党委书记的童书记见到我1973年拍摄的《塘栖莲藕丰收》巨幅放大照片时，久久不愿离去。他知道，西湖现在的荷花都是观赏花，不产藕粉的。民国时期西湖不养荷花，更没有西湖藕粉。但上海有个牌子老响的藕粉叫"三家村"，而三家村就在陈家角一带。新中国成立后，"三家村藕粉"改名"西湖藕粉"。展览过后，这幅《塘栖莲藕丰收》的巨幅照片就

《塘栖莲藕丰收》，摄于 1973 年

当年的大队会计沈振杨（中）和他的两个儿子。他爱人阿英五年前离他们而去。只能拿我当年为她拍摄的照片一起合影留念。摄于 2018 年 9 月 21 日

挂到了童书记的办公室里。

2018 年为庆祝改革开放 40 周年，双陈村村委在村委会会议室举办《红星大队的故事》摄影作品展。

2019 年为庆祝中华人民共和国成立 70 周年，双陈村党委在双陈小学操场再次举办《红星大队的故事》摄影作品展。

2021 年为庆祝中国共产党成立 100 周年，《红星大队的故事》摄影作品展被搬到美丽乡村陈列室，和双陈村党史一起永久陈列。

大脑的记忆因人而异，有长有短，长的可以终生，短的瞬间抛在脑后；笔杆的记录因需而异，同样是日记，有的可以进纪念馆，有的被骂汉奸。在那个疯狂的年代，几乎所有艺术门类的优秀作品都遭到批判：电影、戏剧、书籍、绘画、书法、音乐、舞蹈、曲艺、民间艺术……无一幸免，唯独纪实类的摄影作品，无可置疑且世代相传，因为这类照片具有证据的特性。

后　记

　　"文革"时期个人拥有照相机虽然极其稀罕，但还是可以租、可以借到的。因此几乎每个城里的年轻人都或多或少地拥有一些个人的私摄影照片。所谓私摄影，就不是照相馆里摆拍的那种千篇一律公式化、模式化的"呆照"，而是自己按照自己的想法、用相机拍下来的照片。但也只是挑几张自己满意的底片到照相馆洗印出小照片来，不会每张都洗，更不会放大，因为那是天价。而那时候的摄影发烧友都还有个通病：不保存底片。

　　我虽然比他们略强一些，保存了底片，但也没能够坚持到底，一旦结婚搬了新房，旧物一律抛弃，这些旧底片也就都留在了母亲家我那个五斗橱里。

　　随着时代的变革，尤其是改革开放，拓宽了我们的视野、提升了审美能力、改变了价值取向。今天，我们不可能再千篇一律地模仿样板戏中的英雄形象来拍摄个人照片，而是更多地想如何与众不同、如何展示独特的个人魅力。不过，仅仅是以上的这些理念还不足以出版这本集子的。最初，我只是觉得丢了这些年轻时的自拍像怪对不起年轻时的自己的，

就从母亲家的那只五斗橱里，找出自拍像的底片珍藏起来，对其
片一直认为没多大保存的价值。后来我哥把母亲接到他家赡养，老屋空
置多年，我也早就忘记了那只五斗橱里的旧底片。一直到母亲去世多日，
有一天我哥去老屋处理遗物时，发现一个贴了封条的纸箱，封条上有母
亲的亲笔字"秋杭的东西，不要动"。我哥打来电话叫我去取。我到了
老屋打开纸箱一看，原来全是我几十年前遗留的旧底片，大概有十万张
之巨。我好像得到了一个聚宝箱，兴奋得不得了。我仿佛看见老母独自
在家时，一边整理着这些旧底片，一边回忆着我年轻时在家冲洗胶卷，
尤其是那次黄山回来，十几个卷，关上厕所门，一冲就是大半天，害得
全家只能在痰盂里方便的情景。她当过多年杭州市新华书店的支部书记，
对底片、照片、书籍的重视远超于我。每当我整理这些底片时，泪水就
会止不住地往下淌……母爱的伟大难以言表。我暗自发誓：一定要让这
些充满母爱的旧底片重见天日！

我临退休前，在新浪网上发表《裸退布告》，辞去一切社会职务和
社会活动，全身心地投入旧底片整理工作。"从人满为患的山头上走下
来，走到底谷，再去攀登另一座荒无人烟，但却风光无限的山峰……"
我先是在博客上成组、成系列地发我拍摄的旧照片，再配以文字，我把
它称为影像文学。不久就引起了《老照片》的重视，主编冯克力先生不
断鼓励我，还专程来杭州讲课，对我触动很大。正因为有了这箱宝贝底
片，这本书里的《红星大队的故事》《1972 年：登泰山造像记》《1973 年：
野营白龙潭造像记》《1974 年：穷游黄山》等，才能够在《老照片》上
发表并收入此书。所以说，这本集子所凝结的，不仅仅是我一个人的心血。

王秋杭

2022 年 3 月 15 日于京杭大运河钱塘江口激活斋